"Jy sit op 'n brander en dink jy gaan in een rigting, dan stoot die onderste oseaan en slaan die branders 'n ander rigting in. Jy verloor jou bewussyn. Die volgende oggend, jare later, word jy wakker op 'n vreemde strand. Jy staan verdwaas op en wil dieselfde rigting in stap wat jy van vroeër onthou, maar die pad is weg, die deur is toe, die een wat jy onthou is nie daar nie, jy kan nie terug nie. Jy staan verdwaas. Jy het verdwaal, hy het verdwyn. Ek kan nie onthou hoe ek hier beland het nie. Of hoekom."

Hoe kyk 'n mens terug na jou lewe en wens jy het 'n ander vurk in die pad geneem? Wat sou gebeur het as? As?

In dié diep ontroerende verhaal toor die skrywer soos 'n alchemis van ouds met verdriet en spyt. Dit is 'n liefdes-roman, 'n elegie aan verlore liefde. Die verteller verlang terug na Anders, na Jena, na Duitsland. Maar die verlede spoel 'n mens rond soos die see. Nou is dit te laat. Vir altyd te laat.

'n Uitsonderlike debuutroman deur Valda Jansen.

Hy kom met die skoenlappers

Valda Jansen

Human & Rousseau

'n Kopknik en 'n kniebuiging aan die
ou meesters en andere wie se woorde so ongenooid,
ongemerk ingesluip en in die storie kom lê het.
Aan almal wat die teks, in al sy verskillende gedaantes,
onder oë gehad het, vir julle konstruktiewe kommentaar
sê ek uit my hart uit dankie. — Die skrywer

Eerste uitgawe in 2016
deur Human & Rousseau,
'n druknaam van NB-Uitgewers,
'n afdeling van Media24 Boeke (Edms.) Bpk.

Omslagfoto deur Gallo Images/Getty Images/Justin Pettit
Skrywersfoto op agterplat deur Brenda Veldtman
Bandontwerp ontwerp deur publicide
Binnewerk ontwerp deur Nazli Jacobs
Geset in12,5 op 18pt Perpetua

Oorspronklik gedruk in Suid-Afrika
ISBN: 978-0-7981-7252-3 (Eerste uitgawe, eerste druk 2019)

LSiPOD: 978-0-7981-8002-3 (Tweede uitgawe, eerste druk 2019)
ISBN 978-0-7981-7253-0 (epub)
ISBN 978-0-7981-7254-7 (mobi)

Vir my pa, Donald (DDR) Jansen
en vir Wusel (AS)

Hy kom met die skoenlappers

mens moet slim wees om te oorleef moenie jou eie kop volg nie so
sê die gebod van wysheid in donker tye

"Jy is te ver van my af." Ek trek die duvet hoër op. Dis asof die koue makliker inkom tussen die twee enkelbeddens al staan hulle teen mekaar gedruk.

Anders aarsel 'n oomblik. Dan voel ek sy asem in my nek, sy mond teen my wang.

"Hier is ek," sê hy verwonderd.

Hy trek 'n deel van sy duvet oor my en leun teen my rug aan. Hy lê sy kop langs myne op die kussing.

Ek voel Anders se bene warm teen myne.

Nou kan ek slaap.

*

uiteindelik bestaan die lewe meestal uit momente oomblik-
ke wat vinnig verbygaan 'n enkele oomblik in die wind wat
wegwaai nog voor mens dit kan vasvat en jare later is dit
dié momente wat jy onthou en jy steek jou hand uit en
staan verstom dat jy dit laat verdwyn het

*

Jy is dood op 'n doodgewone Maandagoggend aan die begin
van Julie, in die middel van jou somer. Jy het onverwags
weggeglip uit die wêreld sonder dat hulle dit verwag het.

Ek was nie by toe jy dood is nie, Anders, vyf maande
voor die hele wêreld oor iemand anders sou treur.

Ek was ver weg in die suide, in die hart van die winter
in my huis in Johannesburg wat ek na tien jaar verlaat het.
Nou is ek terug in die Kaap waar alles begin het.

Niemand het ook geweet hulle moes my laat weet van
jou dood nie. Die briewe wat jy geskryf het soveel jare
gelede was veilig weggebêre in 'n plastieksak in 'n boks
tussen ander bokse in die ekstra kamer van my huis.

Maar maande na hierdie Maandagoggend tref die nuus
van jou dood soos 'n vuishou. Dit was die internet wat die
nuus gebring het. 'n Slug-search op google.de lewer meer
op as wat ek wou gehad het. 'n Treurbrief van die maat-
skappy waar jy was.

'n Sterfdatum. 'n Foto. Jy glimlag en kyk my in die oë.

Jy dra 'n swart rolkraagtrui wat jou gesig verhef uit die donker agtergrond wat jou omring.

Wat wil jou glimlag vir my sê?

Al wat ek van jou oorhet, is die briewe wat jy agter my aan gestuur het. Selfs jou e-posse verdwyn in die niet.

ek skryf vir jou 'n storie 'n lang brief om te sê te verduidelik te onthou

*

Dis die grootste geheim omtrent Johannesburg. Niemand weet daarvan nie, mense praat nie daaroor nie. Almal is weg uit die stad wanneer dit gebeur. Net ek weet.

Eers is dit net stil buite. 'n Gedempte stilte soos net voor sneeu begin val. Dan is daar een of twee in die tuin. Ek is bly om hulle te sien. Ek staan op die houtdek met my hande om die teekoppie gevou en sien hoe mooi is hulle in my groen tuin.

Die volgende dag staan ek weer daar en daar is meer van hulle. Wit vlerke soos bloeisels wat deur 'n sagte wind aangeblaas word. Dae aaneen, voor en na werk, staan ek stil op die stoep. Daar is skoenlappers oral in die tuin in die bome in die blomme op die gras op die struike oor die heinings bo-oor die telefoondrade. Wit vlerke fladder soos sneeuvlokkies. Hulle gaan sit, skep asem en drink nektar uit die blomme voor hulle weer opstyg en aanbeweeg.

Jaar na jaar migreer die skoenlappers. Of ek daar is of nie. Sommige rus vir 'n wyle op my grasperk of in die suurlemoenboom of drink uit die blomme wat ek daar geplant en water gegee het.

Johannesburg dra 'n geheim in hom rond. Ten spyte van alles wat almal dink hy is. Die nuwe jaar het pas aangebreek. Die meeste mense is nog weg. Die stad gooi sy arms wyd oop. Hy wys sy kwesbaarheid terwyl niemand toekyk nie.

*

Anders. Ek het vir jou 'n naam gegee. Ek moet nou gewoond raak daaraan om jou Anders te noem sodat niemand sal weet wie jy is nie.

*

Die universiteitstoring in die middedorp van Jena is 'n baken vir inwoners en toeriste soos Tafelberg 'n baken vir almal in Kaapstad is. Jy sien dit van ver af en kan jou daarvolgens oriënteer. Jena word omring deur hoë heuwels, wat die inwoners berge noem. Ek moes die naam eers op 'n landkaart gaan opsoek toe ek die brief kry dat ek 'n beurs gekry het om 'n jaar lank in Duitsland te gaan woon. Jena in Thüringen. Waar is dit? Berlyn het ek geken, en Frankfurt en München en die Middeleeuse dorpie Rothenburg ob der Tauber waar ek net na universiteit 'n kursus gaan doen het by die Goethe-Instituut. 'n Paar jaar later met 'n groep skoolkinders en kollegas weer soontoe vir 'n vakansie in Desember. Toe land ek in die noorde van die land, in Jever, en leer Bremen ken, en Hamburg en Lübeck.

Maar Jena? In my aansoekvorm het ek gevra om asseblief na die ou Oos-Duitsland gestuur te word, omdat ek nog nooit daar was nie, uit nuuskierigheid omdat die Duits-dosente by UWK gesê het dis die mooiste deel van Duitsland, dié stuk agter die Muur en agter die dig geslote grense. Die DDR waar die grootste geskiedenis van Duitsland skuil, groot name groot gebeurtenisse.

Karina, een van die Duits-dosente, het 'n boek klaskamer toe gebring van 'n skrywer uit die DDR. Ek het die gewaagde tekeninge van die vroulike liggaam onthou, die woorde soos 'n onophoudelike stroom:

julle sal my nie stilmaak nie ek sal alles sê ek het in die tronk beland ek is in die tronk gegooi hulle het gesê dis omdat ek nie my plek ken nie omdat ek sê wat ek dink omdat ek dit waag

ek breek die tronk se mure met my vuiste ek hardloop
dwarsdeur ek spring bo-oor ek skop julle reëls weg ek
breek die mure met my woorde ek hardloop so ver weg
julle sal my nie kry nie julle sal my nie inhaal nie

*

Ek ry gestroop uit Johannesburg. Sonder my boeke. Son-
der my foto's. Sonder al my klere. In die Kaap kry ek 'n
woonstel met ander mense se meubels in die kamers en
onbekende beddegoed.

ek is gestroop van wat myne was. my huis my plek my
tuin. ek is uitgelewer daar is niks waaraan ek kan vashou
wat my kan anker nie

*

Op een-en-twintig het ek 'n beurs gekry om 'n Duits-
kursus by die Goethe-Instituut te doen. Ek sou vir die
eerste keer oorsee gaan. Kort voor die Wende. En lank
voor 1994.

Ek is bang vir verdwaal in vreemde plekke. Die aand
voor ek in die vliegtuig klim, gee my pa sy vaderlike raad.

Soek altyd vir jou bakens uit as jy in onbekende plekke
kom. Dis maar net soos wanneer ons in die bos is. Jy dink
alles lyk dieselfde, maar dit is nie. Ek sorg dat ek die

omgewing baie goed leer ken, elke bos elke boom elke tak. Elkeen lyk anders. Dis net as jy vinnig kyk dat jy dink dis dieselfde, maar kyk net fyner, dié tak draai miskien weg van die ander af, daai tak wys op boontoe. Maak notas in jou kop. Kry vir jou bakens langs die pad, dan sal jy jou pad terug vind.

Toe gaan stap ek in Rothenburg ob der Tauber se Middeleeuse strate en soek vir my bakens uit.

die kerk die bank die poskantoor mcdonald's die pizzaplek. ek plaas hulle in gelid in my geheue, soos klippies waarop ek kan spring om te keer dat ek verswelg

*

Ek bewaar die pakkie briewe wat Anders agtien jaar gelede vol hoop geskryf en agter my aan Suid-Afrika toe gepos het. Hy skryf die A van sy naam in die vorm van 'n huis, nie met 'n spitsdak nie, maar plat aan die bokant en die twee bene ondertoe verbind met die middelstreep in 'n swierige krul soos 'n deurknop. Sy naam is 'n huis met 'n voordeur. Hy onderstreep sy naam met twee sierlike strepe, wat dunner word langs die kante asof 'n oneindige straat voor sy huis verbyloop.

*

Die storie begin op hierdie dag in 1996. Die dag toe Anders gesê het: Hier is ek.

Dit was Junie, maar dit was somer. Sy tuin was welig groen oorgroei.

Kom hier dan nooit iemand om die gras te sny nie?

Nee, hoekom, dis tog nie nodig nie. Binnekort is dit winter, dan gaan alles weer dood.

Dit was my tweede nuuskierige vraag na die ander gaste weg is. Die eerste vraag is deur die loop van die middag beantwoord toe nie een van die ander gaste, jare lange vriende en kollegas, oor 'n vrou of vriendin uitgevra het nie. Want toe hy vanmiddag die deur oopmaak en my binne-laat, het ek rondgekyk en verwag om enige tyd 'n vrou uit die huis te sien kom. Een wat by hom sou pas: vriendelik, welwillend, hartlik.

Maar daar was 'n kat en almal het hom by die naam geken. Lewe Benni dan nog, hoe lank het jy hom al?

En Benni het doodluiters tussen die gaste deur gestap en sy lyf teen hul bene geskuur.

*

Ek hoor 'n stem.

"Dis nie hoe dit was nie."

Sjuut, sê ek, dis hoe ek dit onthou en buitendien jy is dood dis nie jou storie nie.

"Maar dis my verlede en ek was daar."

En ek is die een wat treur en as ek nie nou sit en alles neerskryf nie gaan ek iets oorkom.

"Jy meen soos die ongeluk nou die dag met jou kind in die kar, toe jy op 'n nat pad gegly het?"

En hoe sou jy dit weet, was jy by en hoekom het jy nie gekeer nie, jy's mos nou dood en almagtig?

"Ongelukkig nie, ek kan steeds net toekyk. Toe ek nog geleef het, het ek hoeveel keer probeer om jou te help, dit het nie toe gehelp nie."

Jy is dood, dooie mense is nie veronderstel om baie te praat nie, sou ek dink, hoekom loer jy oor my skouer?

"En hoekom loer jy self soms so oor jou eie skouer asof jy my by jou kan sien?"

Los my nou eers, ek moet die storie klaar skryf.

"Dis goed so, skryf nou maar al die dinge wat jy destyds nie wou skryf nie toe ek so lank en geduldig gewag het, skryf maar, ek bly by jou."

*

Ek en my broers is nog klein. In die hartjie van die Kaapse winter raak ons komberse op, ons kry saans klappertand-koud. In die nag staan my pa op, maak sy weermagtrommel oop, haal sy jas uit en gooi dit oor ons.

En soms selfs vandag nog, as ek saans in die wintertyd so verskriklik koud kry, wens ek vir my pa se army-jas.

My pa het van die grens af gekom en 'n medalje gekry. Pro Patria. Dit hang vandag teen 'n muur in my oudste broer se huis.

*

Dit was net na sesuur die oggend, ek en die kind was op pad skool toe. Maar vanoggend reën dit en ons moet nog die N1 tussen Durbanweg en Kaapstad trotseer. Tot hier het dit goed gegaan. Daar is min verkeer op die pad, maar dis nog vroeg. Nou is ons by die laaste verkeerslig op Durbanweg net voor mens regs draai om by die N1 aan te sluit. Die lig is groen toe ons aankom en slaan oor na oranje maar ek weet ons sal dit maak.

Ek vat die draai, die wiele slaan hul eie rigting in op die nat pad. Sekondes lank kan ek net toekyk. Niks wat ek doen het enige effek nie. Ek ruk die stuurwiel, want die bakkie stuur op 'n afgrond af. Ek hoor die kind huil.

Ek sien eers twee dae later ons sou daar afgestort en op die N1 beland het, voor aansnellende verkeer in. Maar dit het nie gebeur nie.

Die bakkie swaai skielik asof vanself links en stuur meedoënloos op die ander kant van die pad af.

'n Swart paaltjie, minder as 'n meter van die ellelange lamppaal af, stuit die voertuig. Die bakkie ruk dwars oor die pad tot stilstand, sy voorpote bo-op die sypaadjie.

Terselfdertyd tel die verkeer op. Skielik is daar motors agter ons, ongeduldig in hul spore gestuit deur die ongeluk. Toemaar, toemaar, troos ek agtertoe. Die kind snik. Niemand ry in ons vas nie. Niemand hou ook by ons stil nie.

Ek klim uit en hardloop om die bakkie na waar die kind agter in die dubbelkajuit vasgegespe sit. Ek ruk die deur oop en sit my arms om die huilende kind. Het jy seergekry, is jy okay? Ja, knik die kind sy kop.

Ons moet hier wegkom, besef ek. Ek streel oor die kind se hare en soen hom op sy wang. Toemaar, ons ry nou weer.

Ek draf weer om die bakkie na die bestuurder se kant en klim in, skakel die enjin aan, kyk in die truspieël en ry agtertoe.

Ek hoor die klank van metaal wat in die pad val. Die wiele knars en ek sien 'n stuk van die koplig voor ons op die sypaadjie lê. Ek los dit daar.

Die voertuie pyl van agter af op my en die kind en die stukkende bakkie af. Ons het geen ander keuse nie as om vorentoe te kyk en te ry.

*

My pa eis absolute stilte, anders kan hy nie sy eie stem hoor nie. Hy vertel aan die etenstafel van die militêre briljantheid van Shaka Zulu. Hy stap deur sy huis asof dit sy slagveld is. Ek is verlig as my pa slaapkamer toe stap en gewone klere gaan aantrek.

*

Ek laai die kind by die skool af waar sy juffrou hom met troosgeluidjies en baie aandag 'n veilige hawe in die klaskamer bied. Toe bel ek die man in Johannesburg om te sê van die ongeluk en te hoor van die versekering.

Hy sug net.

Ek ry weer die hele ent pad terug op die N1 tot by die onbekende woonstel en maak die bed op, was die papborde en gooi die wasgoed in die wasmasjien.

My laptop gaap nog oopmond op die toonbank. Die hoë stoeltjies voor die hoë kombuistoonbank laat my voel asof ek 'n berg klim elke keer as ek gaan sit. Waarmee was ek nog laas besig? My oog val op die titel van 'n dokument wat ek vroeër geskep het: "My God, my God". Ek kan nie onthou wat ek in die dokument geskryf het nie en klik met die muis.

Die dokument maak oop. Net een reëltjie eensaam heel boaan die bladsy.

waarom het jy my verlaat?

*

Toe hulle jonk was, het my pa in konserte gesing soos Elvis Presley, sê my ma. Ek het 'n foto van my pa as 'n weerlose man toe hy agtien was en saam met sy broers sy ma se kis graf toe dra.

*

Aliwal-Noord. Ek is daar weggeruk toe ek twee jaar oud was, in die tyd toe ek leer loop en leer praat het. Ek verbeel my ek onthou die lang treinreis met 'n ma en pa en broer en 'n oupa en sy broer. Op pad na die Wes-Kaap waar die werk gereserveer was.

Dit het vir my vreemd gevoel toe ek begin skryf, ek het gewonder wie dit dan is met wie ek praat.

En toe word dit van my weggeneem. Ek het geleer om te sluk. Verby die knop in my keel, verby die verset in my lyf. Ek het gesluk en gesluk omdat dit al was wat gewerk het. En mettertyd het ek vergeet van die plek waar ek op die aarde aangekom het. Asof my eerste skree in die niet verdwyn het.

*

Dis my eerste keer saam met Anders in sy huis in Jena.

Die helfte van my jaar hier in Duitsland is verby en die res van die jaar 1996 lê nog voor ons.

Agtien jaar later en ek sit in 'n geleende woonstel in die Tyger Waterfront en tik my storie uit op 'n skootrekenaar, die goedkoopste een wat ek by CNA kon kry. Maar dis veel beter as toe ek nog net die iPad gehad het en my storie moes skryf in die drafts-afdeling van my gmail-adres. My ou skootrekenaar is verlede jaar by my huis in Johannesburg gesteel en ek weet nie waar die geheuestokkie is nie.

In die week laai ek my kind by sy nuwe skool in die stad af en kom weer die hele ent pad terug na hierdie onbekende woonstel. Die skryf ontsnap vlaag op vlaag soos 'n rukwind. Die skootrekenaar is 'n portaal na 'n verre wêreld, 'n vergeefse uitstrek van my hand in die lugleegte waar jy is.

jy is dood in die jaar toe Mandela dood is ek sal dit nooit kan vergeet nie die deur is toe die pad is weg die droom is dood die huwelik is verby

*

2.4.97 die datum buite-op die koevert gestempel deur 'n amptenaar in Jena se hoofposkantoor hy skryf dié brief in groen onsekerhede

sy sinne skiet soos weerligstrale kruis en dwars oor die papier *Was macht eigentlich deine Südafrikanerin?*

Wat doen jou Suid-Afrikaanse vriendin, vra die mense.

Keine Ahnung, ewig nicht gehört klief deur 'n onderstebo geskrewe *Der Komet ist auf dem Weg zu ihr* en ek moet die bladsy skuins draai om te lees *Ein Amselpärchen brütet direkt vorm Fenster* en ander groot, klein gedagtes tussendeur gevleg *Wo tost Benni ...*

en *Nun, meine Eltern*

o ja, dan is daar ook nog my ouers

wat sou hy daarmee bedoel *statt in Kapstadt zu weilen, fahren wir nach* en hy skryf die name van die plekke letterlik in 'n driehoek op die papier *Utrecht Amsterdam Nordsee* en in die middel van die kakofonie in die vorm van 'n kruis, die woorde deursny mekaar *Alles Lüge Alles Lüge*

*

Ons staan douvoordag op om sesuur reeds op die N1 te wees. Die kind slaap nog as ek opstaan om sy Milo te maak. Ek werk saggies om hom so lank as moontlik te laat rus. Maar die elkedagse vroeg opstaan het reeds 'n ritme geword.

Ek hoor 'n geluid en kyk om. Die kind staan met ogies

nougetrek in die gang, die een hand onder die slaaphempie ingedruk, vryf die magie. Ek staan voor die stoof en roer die pap om en om. Hy staan in die donker, sy lyf hel weg van die skerp lig in die kombuis. Hy praat met 'n kla-stemmetjie.

Die nag is te kort en ek kan nie nóg slaap nie en ek wíl nog slaap maar my lyfie is te wakker.

Voor hy eet, maak hy self sy ogies toe en rammel die gebed af wat ek op sy aandrang vir hom moes leer. Segen Vader. Hy wou bid soos ek gebid het toe ek 'n kind was.

*

Ek maak 'n nuwe dokument oop. "Oor my kind en die tyd toe ek eensaam was."

Jy word 'n ma en mense dink jy sal sommer vanself weet wat om te doen. Ek kom uit die hospitaal en bel my ma. Nee, ek kan nie na jou toe kom om jou met jou kind te kom help nie, die kerk hou my besig, jy weet dit. Buiten-dien, my ma het nie vir my kom help met my kinders nie, so hoekom moet ek?

My kind bly vier weke na sy geboorte in die hospitaal agter, die longetjies is nog swak. In die broeikas word sy lyfie sterker. Ek gaan haal hom, my hart klop in my keel. Ons sukkel met die babastoeltjie, ek sit agter by hom en koes vir elke kar wat verbysnel.

By die huis lê ons hom in die wiegie langs die bed. Hy slaap. Ek weet nie wat om volgende te doen nie. Die man klim in sy kar en ry werk toe. Ek staan in die oprit en kyk die kar agterna. Hoe kan 'n man net in 'n kar klim en weg-ry? Hoe kan hy dink omdat ek die ma is, sal ek vanself weet wat om te doen? Die hek gaan toe agter hom. Ek staan lank in die oprit en wens die hek oop dat ek daar kan uit-loop, dat dit nie nodig is om alleen in die huis terug te gaan nie.

Gaandeweg probeer ek om my reg te ruk. Ek leer my kind ken en hy leer my wat om te doen.

ek koop sonneblomme en plaas dit in 'n vaas in die middel van die eetkamertafel. soos die son in die oggend by die kombuisvenster inskyn, so draai die koppies in aan-bidding, al met die draai van die dag langs, tot laat namid-dag wanneer die son agter die slaapkamer verdwyn.

*

Die verlede spoel mens soos die see rond net soos hy wil. Jy sit op 'n brander en dink jy gaan in een rigting, dan stoot die onderste oseaan en slaan die branders 'n ander rigting in. Jy verloor jou bewussyn. Die volgende oggend, jare later, word jy wakker op 'n vreemde strand. Jy staan verdwaas op en wil dieselfde rigting in stap wat jy van vroeër onthou, maar die pad is weg, die deur is toe, die een wat jy onthou is nie daar nie, jy kan nie terug nie. Jy staan verdwaas. Jy het verdwaal, hy het verdwyn. Ek kan nie onthou hoe ek hier beland het nie. Of hoekom.

*

Ons is eensaam in die Kaap. Vriende wat ek in Johannesburg gemaak het, het ek daar agtergelaat.

Ek het gedink dit sal hier weer net so maklik wees om mense te leer ken, maar nou is vier maande al verby en ons is steeds naweke alleen.

Selfs die pas afgelope Paasnaweek het verbygegaan sonder 'n uitnodiging vir ete.

Ek het vir die kind 'n klomp Paaseiers in die klein woonstel weggesteek met kriptiese leidrade van die Paashaas.

Verlede jaar s'n was baie beter, want toe was daar maatjies en 'n groot tuin.

Hoekom is dit so moeilik om mense te leer ken, vra ek by die kind se skool, asof ek 'n vreemdeling in Jerusalem is. Hulle lag deur die bank.

Ag, dis maar soos Kaapstad is. Mense bly maar onder diegene wat hulle ken. Hier is so baie mooi plekke om te besoek, daar is nie juis behoefte aan nuwe mense leer ken nie.

Ek bedel vir my kind 'n paar play-dates af. Hy begin uit die dop kruip wat hom omring sedert ons hier aangekom het.

Ek dink in sirkels, alles wat ek doen deur die dag wentel om jou. Saans raak ek aan die slaap en skrik wakker met jou naam in my kop. Anders. Ek skryf om jou nader aan my te bring. Ek is bang ek gaan jou weer vergeet. Ek teer op elke klein herinnering, ek zoem in met 'n vergrootglas om jou nader te bring. Ek het jou woorde weggebêre en dit eers weer uitgehaal toe dit te laat was. Hoekom het ek geweier om te verstaan wat ek geweet het?

ek hou nie meer my asem op nie. noudat jy klaar dood is, bly niks meer vir my oor nie

*

Was dit daardie eerste aand dat ek dit gesê het?

Sy dubbelbed was twee enkelbeddens teen mekaar.

Du bist zu weit weg von mir, het ek die gevoel gesê die oomblik toe ek daarvan bewus word.

Hy het 'n sekonde geaarsel, toe voel ek sy ken in my nek sy mond teen my wang sy lyf teen my rug.

Da bin ich, het hy verwonderd gesê.

*

Eers na my kind se geboorte het ek liefdeswoorde leer sê. As ek by jou gebly het.

*

Ek het die man in Johannesburg verlaat toe selfs die prentjie van die sonneblomme in 'n vaas in die middel van die ronde tafel wat die hele dag son kry nie meer kon help nie. Ek het met my kind en 'n paar tasse in die bakkie afgery Kaap toe nadat ek eers 'n tyd lank konneksies gebruik het om vir die kind plek te kry in 'n skool in die stad. Die meeste van sy maatjies sou in elk geval na verskillende skole in Johannesburg gaan vir graad 1. So salf ek my gewete.

*

Wat is anders aan die Kaap, na hoeveel jaar in Johannesburg?

Die kind word nou sewe, ek het drie jaar vir hom gewag, so dit beteken ek was tien jaar in Gauteng.

En nou is jy terug. So, wat het jou opgeval?

Ek weet nog nie. Dit voel vreemd. En terselfdertyd asof ek nooit weg was nie.

Dis net ek en my kind wat op die skoolgrond luidkeels met mekaar Afrikaans praat. 'n Onderwyseres kom in haar spore tot stilstand, draai om en sê vir my kind jy is baie gelukkig dat jy 'n ma het wat so 'n pragtige Afrikaans kan praat.

Ek glimlag net. Ter wille van my kind.

*

toe die jaar van waarheid aanbreek het ek my klere in-gepak en weggevlieg hoe waar is die waarheid daar was minstens een man wat nie kaalkop die waarheid wou praat nie daar is minstens een man wat nie kaalkop die waarheid wil praat nie

die mense wat agter die waarheid wil kom vra vir die generaals wie het die opdrag gegee. die generaals sit met uitdrukkinglose gesigte. wie weet? die generaals fluister in mekaar se ore. by die een oor in en die ander oor in. die woord kom verwronge by my pa uit. neutraliseer my vrou. elimineer my kind.

*

Ek het altyd by water verbygehou. Ter wille van oorlewing. Ek vind geen kalmte by die see nie.

Al gewaarwording as ek by die see is, is 'n hol kol op my maag, 'n afwagting, 'n vrees dat iets verskrikliks gaan gebeur. Mense sê die eb en vloed die kom en gaan van die branders die innerlike stilte wat oor jou kom as jy dit dophou, maak mens rustig.

weet hulle dan niks nie?

*

In sy laaste, kriptiese e-posse aan my vertel hy dat hy weer siek was, ziemlich am Boden, en dat hy die vorige week see toe was, an der Nordseeküste, zur Erholung. Noordsee toe, om gesonde seelug in te asem.

Ek verstaan die idee van vars lug by die see. Intellektueel verstaan ek dit.

Maar die lug by die see dra vir my tot vandag toe iets anders. Dit maak in my wakker, soos destyds, 'n soeke na troos.

*

Toe ons klein was, het ons uitskrapentjies gespeel. Jy kies 'n klippie wat jy van hou, wat in jou hand pas en wat jy in die lug kan gooi en weer vang. Soms hou jy dié een vir weke, bewaar dit op 'n veilige plek, so lank soos die seisoen hou.

jy en jou maatjie sit op jou ma se stoep. julle gaan uitskrapens speel. mens trek 'n sirkel met die kant van 'n klip wat maklik strepe trek. binne-in die sirkel kom soveel klippies as wat julle wil, wat gemaklik inpas, wat julle sal kan baasraak en wat nié so maklik weer uitgeskraap kan word nie.

dan neem julle beurte, jy en jou maat. as dit jou beurt is, hou jy jou hand presies bo-oor die klippe wat jy dink jy sal kan uitskraap, dan gooi jy jou klippie in die lug en skraap vinnig 'n paar klippe uit die sirkel, vang jou klippie en kyk dan watter een van dié wat buite die sirkel is, jy sonder moeite sal kan terugskraap. aan die begin moet net een klip-pie buite bly. as jy dit regkry, is die klippie joune. daarna moet daar twee klippies buite die sirkel oorbly. as jy dit nie regkry nie, is dit jou maat se beurt. en so speel julle die hele dag.

tot jou pa huis toe kom, dan stap jy saam met jou maatjie tot by die straathoek waar jy terugdraai en sy vinnig huis toe hardloop. môre speel julle weer.

*

Ek lees in die foto wat hy in sy heel laaste e-pos aanheg die weerloosheid in sy moeë lyf. Die spanning in sy saam-geklemde kake so sterk dat ek my hand uitsteek om sy vel te streel. Ek lees daarin die wete dat die reis wat voorlê, die swaarste een sal wees.

onontkombaar. my hand stuit op die ipad-skerm.

*

Ek was 'n kind. Een aand sit my pa sy hand agter my nek en tel my so in die lug op.

Hy het terselfdertyd dieselfde met my broer gedoen, sy ander hand aan die agterkant van sý nek vasgeklem.

ek het gevoel ek verloor my asem en ek het geweet ek moet my nie teësit nie. ek het net so stil in die lug gehang met my voete wat nie grond raak nie, hoog in die lug met sy styfgeklemde vingers agter my wat as hulle sou wou, my net so in die lug kon loslaat. dan sou ek vry wees.

*

ek hap na asem

die eerste keer dat ek onder water was was op pad na die dood maar dit moes diep onder gewees het daar was geen geluid nie geen klank nie geen sout nie en niks wat saak maak nie

net 'n onbekende woord

*

Ek google jou, maar jy bly dood. Jou naam is in die internet, ek vind jou naam en sien daar is 'n foto 'n geboortedatum 'n sterfdatum.

Al my pogings om op jou spore terug te loop. Wat gaan ek kry, jy is nie daar nie. Ek hoor jou stem. Jy is hier by my, maar ek kan jou nie aanraak nie.

Hoe gaan ek jou laat beter voel? Jy was siek en nou is jy dood.

Op hierdie dag is daar so baie mense in die strate met jou gesig, jou hare, ek wil stilhou om aan hulle hare te raak.

*

Die ma wat Afrikaans is maar haar kinders Engels grootmaak, kom haal my kind vir 'n play-date. Sy ry ver uit die stad en neem hulle na 'n kinderfliek by die Tygervallei-sentrum. 'n Hele Saterdagmiddag op my eie. Ek waai vir hulle totsiens. Dan gaan ek terug na die stil woonstel. Ek hys my op die hoë stoel.

My gedagtes rol in my mond rond voor ek skryf. Ek laat my woorde fermenteer. Ek skryf uit die oorskiet van my verblyf in 'n land agtien jaar gelede. 'n Kort verblyf. Ek flans die storie saam uit oorblywende briewe en 'n skamele aantal foto's wat intussen verskeie verhuisings oorleef het. En soos ek skryf, word my herinnering wakker geskud en ek onthou wat ek al vergeet het. Hoekom het ek nie na myself geluister nie, al die tekens was daar. Ek wens ek kan vergeet en ek is bang ek sal.

Die man in Johannesburg het oor die weke en maande voor my besluit beskaafd geluister na al my argumente en besware.

Ek voel nie meer soos ek nie. Ek weet nie meer wie ek is nie. Ek wil 'n tyd lank nie saam met jou wees nie, ek moet iewers heen gaan om te dink.

En soos sy gewoonte is, wou hy alles self vir my reël. Vriende wat 'n gastehuis in die stad het waar ek en die kind sou kon gaan woon.

Ek het my hand gelig. Nee. Ek wil self.

*

Vroeg in Januarie 1996 het ek in Jena aangekom, na tien dae in Freiburg, in die suide van Duitsland, saam met die res van die groep. Suid-Amerika, Suid-Afrika, Chili, Paraguay, Roemenië, China, ons het van oraloor gekom.

Nou is ek pas by hierdie studente-woonblok buite die stad afgelaai. Alhoewel ek tegnies nie net 'n student hier is nie, maar reeds as Duits-onderwyser in my land gewerk het en nou in Duitsland 'n jaar lank die skoolstelsel kom waarneem.

Ek maak die deur toe toe Markus in die gang af verdwyn op pad na die hyser.

Ek trek my stapskoene uit en los dit daar in die ingangs-portaal netjies teen die muur langs die deur. My tasse staan in die middel van die vloer waar ek en Markus dit neergesit het. Daar is nog 'n deur, na die woonstel self, 'n glasdeur waardeur die lig skyn.

Ek gaan die woonstel binne. Ek maak die klerekas oop wat teen die muur staan. 'n Paar hangers. Genoeg hangplek vir my klere, groot rakke binne-in. 'n Boekrak, 'n tafel langs die enkelbed teen die muur.

Prente teen die muur bokant die bed vasgeplak. 'n Poging deur die vroulike kollegas van die hoërskool hier in Lobeda-Ost om my tuis te laat voel, wat dit in my kamer kom plak het om die lelike mure weg te steek. Aldus Markus. Want dis glo wat hulle self as studente gedoen het. Die soort prente wat mens uit 'n ou kalender bewaar en nie wil weggooi nie omdat dit so mooi is. omdat dit gebruik kan word om 'n eentonige omgewing op te vrolik. om lelike barste in die mure weg te steek.

By die kombuis is 'n tafel met vier stoele. Die kombuis is klein, net groot genoeg vir 'n oond, yskas, wasbak en elektriese ketel.

Ek besef skielik ek sal iewers moet gaan inkopies doen. Dit het ek vergeet om vir Markus te vra. Die kaste is leeg. Die laaie is leeg. Niks om die bad mee skoon te maak nie.

Ek kry my beursie, trek weer stapskoene aan en 'n warm baadjie en sluit die deur van buite. Hiervoor was ek nie lus nie. Ek stap na die hyser.

Op die grondvloer gaan soek ek die vrou wat vroeër

vir ons die woonstelsleutel gegee het. Sy sit steeds op dieselfde stoel van netnou.

Wo kann ich einkaufen, bitte? Sy beduie in die straat af.

Dan moet u regs draai, nog so 'n entjie op in die pad, daar's 'n groot blou gebou, Aldi, baie billik, daar sal u alles kry.

Die straat is besig. Mense stap heen en weer. Die woonstelblokke vir studente in Schlegelstraße is in die middel van 'n woonbuurt. Mense kom van die werk af en glip by die winkel in op pad huis toe.

Gelukkig het ek vroeg genoeg agtergekom daar's niks in die woonstel nie, anders sou dit te laat geword het om winkel toe te gaan. My bene is moeg en seer. Die koue laat my net dink aan 'n warm bad en slaapklere aantrek en vroeg in die bed klim. Ek koop soos ek onthou. Gelukkig is daar altyd vars broodrolletjies by enige supermark.

Ek stap dankietog verlig huis toe met twee plastieksakke. Dit word reeds donker, al is dit nog namiddag. Straatligte skyn op die sypaadjie al langs die pad na my nuwe huis toe. Die vierde woonstelblok van die hoek af. Ek het mooi opgelet en getel toe ek winkel toe gestap het.

Al die blokke lyk presies dieselfde. Die trappe voor die gebou. Die voordeur. Binne kyk ek na die posbussies en sien my naam by my woonstelnommer. Die res van die jaar

sou dit nog 'n paar keer gebeur dat ek by 'n verkeerde ge-
bou instap en dan die hele ent pad weer buitentoe gaan en
die blokke tel.

Die hyser neem my boontoe. Ek sluit my deur oop. Binne
sit ek die kruideniersware op die vloer neer, skil my dik
baadjie van my lyf af, trek die skoene van my voete af, sluit
die deur.

Nou kan ek uitpak.

Die opgewondenheid oor die sneeu buite my venster wyk
gou as ek soggens moet sukkel om te voet by die skool uit
te kom. Ek kan niemand bel om my te kom haal nie, daar
is geen telefoon in enige van die woonstelle nie en selfs van
die onderwysers het nie telefone in hul huise nie.

Claude Monet se waterlelies en die werke van Vincent van
Gogh en Henri de Toulouse-Lautrec wat teen die mure van
my tuiste in Oos-Duitsland pryk, is my enigste geselskap.
Ek sien meer van hulle as van die mense wat ek hier sou
wou leer ken. Die eerste paar maande in Jena is koud, en
ek is alleen in die ure wanneer ek smiddae na skool huis
toe kom. Ek staan voor die venster en kyk uit op die wit
landskap buite. Agter die woonstelblok is 'n hoë heuwel en
verder agtertoe nog meer woonstelgeboue. Aan die voet

van die heuwel staan 'n ou rusbank en twee stoele wat seker in die somer deur studente daar buite gelaat of vergeet is. Alles toegedek onder 'n dik laag sneeu.

lank lank gelede toe die wêreld nog wit was

In hierdie onbekende deel van Duitsland is Duitsers wat glad nie soos Duitsers lyk nie. Van hulle lyk vasgevang in 'n tydsgreep van die sewentigs. lang, onversorgde hare. eklektiese klere. ontspanne sonder die streng reëls, die juk wat hulle afgegooi het

Die vullis word op 'n Maandag kom haal, verduidelik die vrou. Ek knik ja dis reg ek sal onthou. Waar is die drom?

Die dromme, meen jy. Buite langs die parkeerterrein. Lees maar mooi wat jy in watter drom moet gooi en moenie verkeerde goed in die verkeerde dromme gooi nie.

Sy laat dit onnodig ingewikkeld klink, dink ek.

Ek doen 'n studie van die dromme toe ek buite kom op pad winkel toe.

plastiek bruin glas deurskynende glas bio-afval ander afval

Vir 'n oomblik verlang ek terug na my land waar niemand 'n oog knip as jy alles in een drom gooi nie. Ten minste los jy dit nie in die straat of op 'n leë erf of so nie. Jy is 'n verantwoordelike burger, jy gooi jou vullis alles in een drom.

In 2009 het ek daar verbygegaan en gesien die ou geboue is intussen gerestoureer, modern binne en buite. Ek was bly vir die prente destyds teen my mure. Die man van Johannesburg het ongeduldig sit en wag dat ek klaar kyk. Ek het begin om te vertel maar in die middel van my sin opgehou toe sy aandag dwaal.

Hy het net aan die begin met belangstelling geluister as ek oor my lewe vertel. Ek het gedink hy wil graag weet. Wat ek dink. Wat ek al alles gedoen het. Wat ek alles nog sal wil doen. Later het hy doodeenvoudig ophou luister.

Gelukkig was my kind nog klein en nuuskierig genoeg, en hy het gestraal met elke nuwe vertelling, veral toe ek vertel hoe ek verdwaal het en telkens in my spore moes omdraai.

En toe? En toe? En hoe het jy geweet jy het verdwaal en wie het jy gevra en wat het jy gevra en wat het jy gesien en hoe het jy geweet hoe ver om te gaan?

*

Wanneer ek op my kwesbaarste voel, is dit asof skoenlappers vergader.

Ek sit stil op 'n semenrtrappie in die son by die kind se skool en wag tot hy klaar is met sy tennisles. Tafelberg hou wag agter my rug.

Die klank van Anders se stem wat ek die hele ent pad van die huis af oor en oor geluister het, sit nog in my lyf. Die Goth-lied wat hy self gekomponeer en gesing het en in sy huis in Jena vir my van 'n kasset gespeel het, het sy suster nou weer op 'n CD gestuur.

My skouers val vooroor, my hande beur tussen my knieë in. Skoenlappers versamel om my. Hulle troos voor my neus verby.

*

die pad loop tussen dorings en onsekerheid deur tussen vooropgestelde idees en onuithoubare hitte die pad kronkel tussen onbeantwoorde vrae en halwe antwoorde die vingerwysings weerspreek mekaar jy vind nie jou pad nie jy soek 'n koeltetjie teen die son die sonbesies skree

hoe sou jy lyk in 'n hospitaalbed hoe het jy in jou hospitaal-bed gelyk 'n wit laken oor jou gesig getrek

pleks hy gesê het hoe siek hy is. pleks ek gevra het. pleks ek betyds uitgevind het, dan kon ek hom gaan groet het.

pleks ek die sakke in die ekstra kamer uitgepak het toe my gewete my begin pla oor al die goed wat so rondstaan.

dan sou ek vroeër op sy vergete briewe afgekom het en

gesê het my god my god. pleks ek gehoor gegee het. dan
kon ek na hom toe gegaan het.

moenie jou talente in plastieksakke wegsteek nie.

Ek wens ek het tog na jou toe gegaan, ses maande na ek
daar weg is. Maar toe ek by die huis kom, moes ek hoor dat
iemand my geld uit my bankrekening gesteel het en al my
rekeninge 'n jaar lank onbetaald gebly het.

Die sielkundige moes my afboek want ek kon 'n tyd lank
nie skoolhou nie.

En nadat ek al jou eerste briewe onbeantwoord gelaat
het, het ek op 'n dag my stem teruggekry en 'n kort brief
gestuur en gesê wat gebeur het.

Jy wou hê ek moes onmiddellik na jou toe kom, jy het
by die reisagent naby jou huis gaan hoor hoe jy vir my 'n
vliegkaartjie kan koop en haar kontaknommer gestuur, ek
moes haar net bel.

Sê nou maar ek het.

Dan sou my siel sig weer by jou kon vind, ver van die
verskrikking by die huis.

Op die lughawe sou ek geweet het ek doen die regte ding,
want dan was ek op pad na jou toe.

Ek kan nie dink hoekom dit toe vir my so moeilik was
om te besluit nie. Was daar soveel watte in my kop?

Ek sou die reisagent kon gebel het met my datums en sy sou alles gereël het. Junie-vakansie. Ek sou maklik 'n visum kon gekry het, Anders sou 'n brief stuur met 'n uitnodiging.

'n Vriendin sou my by die lughawe kon gaan aflaai het. Maklik.

En dan, as ek in die vliegtuig sit en ons styg op, sou ek beslis geweet het dis die regte besluit. Ek sou deur die nag gevlieg het en nie wou slaap nie, bang dat dit net 'n droom sou wees.

En die volgende oggend land ek op Frankfurt. Ek bel die reisagent en sy sal jou laat weet. Dan sal ek stasie toe gaan vir die trein na Jena.

Ek sit in die trein en sien hoe ry ek in die teenoorgestelde rigting as ses maande gelede. Ek tel die stasies af. Lank voor Jena staan ek reeds by die deur.

Die trein loop so vinnig die stasie in, ek sien die mense op die perron in 'n waas.

Die trein stop, ek wag dat mense voor my die deur oopmaak, hul bagasie uittel.

Ek staan met my handsak en die los sak oor my skouer en die tas in my hand. Dis my beurt, ek klim uit, geen gesukkel met swaar bagasie nie.

Uit die hoek van my oog sien ek iemand nader kom.

Hallo, sê hy met sy sagte stem, sy arms gaan om my, hy druk my vas maar nie lank nie, hy trek nie aandag nie.

In die motor kan ek nie praat nie, ek streel vlugtig met die agterkant van my hand oor sy wang toe ons by 'n stop-straat staan.

Dan vat hy my hand in syne, druk dit styf vas, soen dit vinnig, plaas dit sag op sy been en ry verder.

Bachstraße sal lyk of ek gister hier weg is, behalwe dat dit nou somer is, al die mense is somers aangetrek en loop met ligte tred.

Ons parkeer voor die deur, ek dra my sakke en hy haal die tas uit die kattebak. Ons stap by die groot deur in soos die eerste keer toe ek daar gekom het.

Die tuin lyk soos ek dit van daardie eerste keer onthou, groen en welig toegegroei. Ek staan eers buite en verkyk my. Hy neem die tas.

As ek geweet het, sou ek gegaan het.

As ek geweet het, sou ek gegaan het?

As ek geweet het hy het weer siek geword en staan keer op keer op en ry Erfurt toe waar sy werk en sy ma is en ek het dit reggekry om alles te los en na hom toe te gaan . . .

Sou daar in sy oë dieselfde aanklag wees wat ek nou, na sy dood, sien?

*

5.5.97 en "Luftpost" in blou skrif in die regterkantse hoekie heel boaan die koevert en die brief binne-in die vorige dag in blou geskryf sy antwoord op my poskaart oor wat met my gebeur het

Deine Karte hat mich sehr traurig und betroffen gemacht. Ek was baie hartseer toe ek jou poskaart kry. *Du erinnerst Dich vielleicht an unseren ersten 12-Stunden-Tag am 16.6.96? Am 15.6 wird es wieder gutes Wetter und gute Musik geben in der Uni. Es wäre schön, wenn Du mit mir dabei sein könntest. Flug übernehme ich, ist ja klar.* Jou vliegkaartjie sal ek betaal, vanselfsprekend.

*

Vandat ek van jou weg is, het my straf begin, die oomblik toe ek jou ontken het.

Alles wat ek gedoen het sedert ek van jou weggedraai het, alles wat sedertdien met my gebeur het, het iets gesê. Nou skryf ek, want ek kan nie anders nie.

Ek kyk waar die berg is en oriënteer myself daarvolgens. Ek leun in die kronkelpaadjies in, ek vat die draai soos hy hom aanbied, ek gee geen weerstand nie. Ek doen wat ek móét doen.

Hy het nooit iets daaroor gesê nie, hy het nooit in sy e-posse gereageer op my brief dat ek hom in 2009 in Jena gaan opsoek en voor dooiemansdeur gekom het nie.

*

Ek skryf vir sy suster omdat ek wil weet of hy begrawe is en waar. Maar sy is baie besig en sal my later antwoord sodra sy asem skep. Terwyl ek wag, hoop ek op 'n graf naby sy ma se huis waarheen ek sal kan gaan met 'n protea in my hand, 'n stil begraafplaas waar min mense kom en die wind in die bome waai.

Maar ek vrees die ergste: dat hy reeds weggewaai is in die wind. Dat hy sou gevra het om veras te word en op sy geliefde stapplek verstrooi te word. En dan hoop ek dat dit gedoen sal word op die eerste herdenking van sy dood, want dan sal ek nog tyd hê. Maar dan vrees ek dit is dalk reeds op sy verjaardag gedoen want dan het ek dit gemis. En dan weet ek hulle sou nie wou sit met sy as in die huis nie en dat dit kort na sy dood reeds gedoen is.

Want hoekom sal ék nou 'n bietjie grasie kry, 'n bietjie as in die hand, om wat mee te doen?

Sy suster stuur solank vir my die begrafnisrede wat sy gelewer het. Ek klou aan die woord in die hoop dat daar tog 'n graf sou wees. Na sy dood het sy die pad gestap waar hy altyd alleen gaan stap het, in sy spore op die bergpad van die Landgraf.

en ek onthou

Ons sou by sy huis wees in Bachstraße dan sou hy sê wil jy saamstap. Dan het ons ons stapskoene aangetrek, 'n rugsak oor die skouer met iets om te eet en 'n bottel water daarin. By die voordeur uit in die teenoorgestelde rigting as gewoonlik, nie na die middestad toe waar die hemelhoë toring staan nie, maar in die rigting van die berg waar daar min mense is en baie bergpaadjies, bome en hier en daar 'n bankie om te sit en rus. Dit sou 'n koue dag wees maar ons sou ons warm stap. Net ek en hy.

Dis hier waar ek die eerste keer bewus geword het van die omvang van hierdie man se liefde. Hy het my vasge-druk. Hy het my opgetel en gedra asof ek 'n veer kon wees. En ek het gewonder waar sy krag vandaan kom. Niemand voor of na hom het my ooit so opgetel of so vas-gehou soos hy nie.

*

My pa was 'n soldaat in die ou Suid-Afrikaanse weermag. Naweke wapper sy bruin uniform op die wasgoedlyn.

'n Mens se rug kon seer word van die swaar, nat wasgoed ophang. Breë bruin hemde. Groot bruin langbroeke. Sy stewels staan op aandag op die agterstoep, in gelid, en wag om blink gepoleer te word. Ons huis is deurspek met die weermag. My pa se foto's in sy uniform, sy sertifikate teen die mure langs die drie vlieënde voëls en die rankplant. Die taal in ons huis wentel, soos die gesprekke, om die weermag. 'n Harde taal waarby ek geen aanklank vind nie. My ma begin praat soos my pa en my pa glimlag trots as hy hoor hoe van sy kinders sy woorde eggo.

Dominee kom hou biduur terwyl my pa op die grens is en my pa se familie kom kuier gereeld om te kom kyk of dit met ons goed gaan.

My oupa stap fier by ons voordeur in en vergas ons op sy stories oor die Tweede Wêreldoorlog. Mense dra ons op die hande.

My pa kom terug, die gebede neem af en die stroom besoeke sypel geleidelik weg.

Mense verkeer onder die indruk alles is nou weer soos dit moet wees, die lewe in ons huis is weer normaal, net soos dit was voor my pa weg is. Hulle neem aan ons is bly hy is nou terug.

In hierdie tyd leer ek hoe om nié oor 'n oorlog te praat nie. Jy hou die oorlog binne. Jy trek die deur agter jou toe as jy by die huis uitgaan.

Jy wys niks. Jy sê niks.

Jy raak nie ontsteld nie. Jy hou uit. Jy verduur.

*

Hy is weg. Sy briewe bly by my, ek druk die papiere teen my hart.

Ek lees sy e-posse oor en oor, onthou die boodskappe wat ek wou antwoord maar iemand het met my begin praat, my aandag afgetrek.

ek is jammer, Anders, ek is jammer ek is jammer vergewe my

ek wens ek kon weet dat jy nou oor my skouer lees

Toe jou dood my tref, eers maande later, wou ek by jou wees. En toe gly my kar se wiele onder my uit.

ek skryf vir jou 'n lang brief ek ryg woorde uit wat ek lankal moes gesê het

*

Daar was 'n tyd in my lewe toe ek al groot moes gewees het toe die sien van my ma se trouringe my siek gemaak het.

En jare daarna het ek vergeefs gewonder hoekom my eie trouring so maklik van my hand afval. Hoekom vee my trouring so glad en vanselfsprekend van my vinger af as ek ingedagte hande was. Hoe beland dit in die vullissak in die kombuis. Hoe verdwyn dit uit my klerekas toe ek dit moes afhaal na die geboorte van my kind.

*

Jy het hartseer gelyk toe ek jou die eerste keer gesien het, het hy gesê. Asof jy oor iets treur.

Ek het onthou, dié dag was ek by Markus in die Engels-onderwysers se klein kamertjie. Markus was bruusk, abrup toe ek hom uitvra oor die stad Jena, en waar die naam van die voorstad Lobeda vandaan kom.

Hy het nie geweet nie en het my 'n boek in die hand gestop om deur te lees. Dit was nie die begin van al my baie vrae aan hom nie, maar dit was die einde. Hy was ongemaklik met al die vrae en ek het my na die ander kollegas gewend, die vroue, en vir hulle gevra. Ek wou ander plekke rondom Jena leer ken en wou weet wat hulle dink en of hulle enige interessante plekke kon aanbeveel. Ons moet eers vir Markus vra, het hulle gesê. Maar woon jy nie ook al lank hier nie? Watter sou jy aanbeveel? Ek woon al my lewe lank hier, het een van die vroue geantwoord, maar

Markus hou nie daarvan dat ons jou vrae beantwoord nie, ons moet eers vir hom gaan sê as jy iets wil weet.

Ek het by die venster gesit in die klein vertrek, met die vervelige boek oop voor my, en by die venster uitgekyk toe ek die deur hoor oopgaan. 'n Man met 'n goue krulle- bol het ingekom en met Markus begin praat. En homself onderbreek toe hy my gewaar.

Ek sien hom op my afkom. Energiek met lang bene. En helderblou oë.

Daar het 'n atmosfeer van eensaamheid rondom jou ge- hang, het Anders gesê. En Markus het met sy rug na jou toe gesit, besig om antwoordskrifte te merk. En toe kyk jy op met daardie groot swart oë.

Hy het met uitgestrekte hand na my toe gekom. Hy het gesê Hallo, my naam is Anders. Gaan dit goed en is jy nou al ingeburger? Ja, het ek gejok en gewens hy wou net daar bly. Maar toe moes hy gaan nadat hy met Markus gepraat het, hy't my vriendelik gegroet en verdwyn.

Ek het jou elke dag gesoek, Anders. Sommige middae na die skoolklok gelui het, kon ek jou deur die venster na jou motor sien stap, die paar kere wat jy vlugtig by die skool aangedoen het en jou weer terug universiteit toe moes haas. Vinnig, doelgerig. Soms het jy verby my gery as ek reeds op pad huis toe was, tussen die massa skoolkinders op die sypaadjie na die woonstel toe. tussen al die baie stemme rondom het ek weggeraak in my kop

*

toe ek 'n kind was het my pa gesê die weermag leer mens dissipline en om na jouself om te sien en na ander rondom jou. ek het gesê ek hou nie van uniforms nie

*

In Duitsland in die winter is ek ingehok. Die paaie is smaller, die huise te na aan die straat, die mense se oë te intiem. Ek soek skuiling binne-in my waar niemand kan sien nie. Die ou Oos-Duitsland is grys en vaal van verval en die gebrek aan advertensieborde.

En toe vroegjaar aanbreek, het jy gekom.

*

Die kind is vandag spraaksaam in die motor op pad huis toe. Hy vra my uit oor die tyd toe net wit kinders na sy skool kon gaan. Het ek daarvan geweet, vra hy. En is dit waar? En hoekom was dit so?

Ek sê ja, dit was so.

My kind glo my nie as ek sê wat gebeur het nie. Ek skaam

my om vir my kind te vertel. die parkbanke die strande die restaurante die kampeerplekke die poskantoor die skole die huise

Sy mond val oop. Ek hou op. Daar is baie tyd. Hy sal mettertyd weet. Hy hoef dit nie alles by my te hoor nie.

*

Ek onthou 'n droom van voorverlede jaar wat my dae lank laat wonder het of daar een van my broers is wat dalk siek is, of in ernstige moeilikheid.

ek was in 'n motor wat al op 'n bergpad ry, dit was donker rondom. en langs die motor langs die pad het 'n man gestaan. die figuur van 'n man met die gesig van een van my broers. dit was asof ek sy hartseer diep in my eie bors gevoel het. ek was in 'n motor maar dit was asof ek ook langs die man gestaan het. ek kon hom nie troos nie.

en toe ek wakker word was die droom dae lank by my. wie was die man watter een van my broers sou dit kon wees

een vir een het ek hulle voor my geestesoog opgeroep, geluister na 'n stem wat dalk sou wys wie dit is.

Het ek my radar na Anders so diep verberg?

In die laaste jaar in Johannesburg kry ek uit die bloute bors-
pyne wat my laat vrees het ek sal skielik 'n hartaanval kry
en dood neerval.

Ek vlug vir 'n uur van die werk af, die dokter doen bloed-
toetse, tot 'n EKG, wat niks oplewer nie. Dis net stres, sê
sy, wat die spiere in jou borskas laat saamtrek.

Ek gaan dadelik terug werk toe en drink getrou die kal-
meerpille teen die spanning en die slaappille teen die wakker.

Daar is nie tyd om na my gewete te luister nie.

Anders se lewe het verloop in drie fases van agtien jaar
elk.

Agtien jaar oud toe kry hy kanker en word gesond.

Agtien jaar later ontmoet ons.

Bykans agtien jaar daarna is hy dood.

Hoekom het jy my nie gewaarsku nie vra ek vir God.

Maar ek het, sê hy, ek het jou omring met mense wat
kanker gekry het. Ek het die waarskuwings na jou toe
gestuur soos die tien plae van Egipte, het jy nie die tekens
gelees nie?

Ek staan voor die spieël. Ek lig die kam na my hare. Ek kyk
my in die oë. My hand stop in die middel van my kop.

die kam is 'n mes die kam val soos 'n byl my brein breek
oop dit val in stukke voor my voete 'n valbyl breek my
brein 'n kapmes kap my kop oop ek hoor my gedagtes lag.

Ek kam gelate my hare.

Wanneer is die tyd van die skoenlappers verby.

*

Waaroor het ek en Anders alles gepraat? Ons het oor apartheid gepraat, nie oor Mandela nie. Of het ons tog? Speel 'n mens se verbeelding met jou soveel jare later?

Of is dit omdat ek nou daaraan terugdink en voel: dit is waaroor ons destyds sou móés praat, dit is wat destyds belangrik sou móés wees, vir my en vir ons in 'n sekere tydperk, 'n sekere era.

Maar wat onthou ek van ons gesprekke oor my land? Wat het hy gesê het hy in die DDR-tyd oor Suid-Afrika ervaar?

Shaka Zulu wat Duits praat op DDR-televisie. Die Götter müssen verrückt sein! Sy kollega by die skool wat my vertel hoe baie sy Jamie Uys se rolprente geniet, en sy begin van voor af lag toe sy die toneel beskryf: 'n vrugteboom met vrot vrugte gesaai op die grond. Bobbejane wat die vrugte eet wat reeds begin gis het in die son. Die bobbejane word dronk van die vrot vrugte. Hoe die dier aan die slaap val. Hoe hy wakker word en regop sit terwyl hy sy kop vashou. Mens sién sy hoofpyn. Net soos 'n mens. Lag en lag die vrou.

Bombom, bom, bombom, bombom, bombom, sing Anders.

Ja, onthou ek terwyl ek luister. Ek het dit reeds begin vergeet. Die musiek van *Shaka Zulu*. Nou onthou ek. Ons het dit ook gekyk. Op apartheid-televisie.

*

Ek sien jou oral. Helder oordag in die gang tussen die badkamer met my hande vol nat wasgoed en die wasgoedrak opgestel in die slaapkamer.

Ek praat kliphard met jou in die kombuis wanneer ek alleen in die huis is, wanneer die inhoud van jou briewe deur my kop spoel al pak ek hulle hoe weg.

Wanneer ek in die nag alleen op die bank in die sitkamer kom sit omdat jou stem in my kop jou so naby bring dat ek net my hand hoef uit te steek en ek sal jou kan aanraak.

*

ek droom 'n immer terugkerende droom ek draf al langs 'n pad ek vlieg al oor die pad ek jaag die spikkels son deur die dennebome ek draf deur pitjiebolle ek asem diep in ek vlieg my voete raak nie die grondpad nie ek draf ek droom ek sien 'n blou lig op 'n dak ek hoor voete wegloop ek droom ek vlieg tot by my ma ek droom ek droom ek draf ek hardloop weg

Pro Patria

ek het moeg geword die einddoel was my nie beskore nie my tyd het
verbygegaan

Ons lê in 'n poel van stilte agter die gordyn. Klein stuk-kies lig van buite val deur tot op jou lyf. Spikkels dans op jou bene, oor jou rug.

Ek streel met my vingers oor jou vel om die ligspikkels te vang. Ek volg die spikkels lig soos jy oor my beweeg. Jou hande kom tot rus.

Nou is dit nog stil. Ons lê in die oog van die storm.

Ich komme jetzt. Kommst du mit?

Ek ken nie die woordeskat nie, sê ek die volgende oggend.

Hy glimlag sag. En tog het jy presies geweet wat ek meen.

ek vryf en soen en koester jou briewe al wat van jou by my oorgebly het 'n laaste kuil van stilte in hierdie eeu van die tegnologie ons lê in die oog van die storie

*

Ek is op hoërskool. My pa is vandag vroeg by die huis. Hy het dinge om te doen en te reël want hy gaan binnekort grens toe, hy mag nie sê watter dag nie.

My hart begin in my keel klop.

Ons weet van die grens. Die grens is 'n anonieme plek iewers in die noorde. Hulle sal soontoe vlieg in 'n weermagvliegtuig wat vreeslik baie raas.

My ma kry 'n blitsles in hul banksake wat sy nou sal moet hanteer terwyl hy weg is. Sy sit by die tafel en leer hoe om tjeks uit te skryf in sy afwesigheid.

Saans sit ons om die lang eetkamertafel en skryf briewe aan my pa op die grens. Wat moet ons skryf, vra ons moedeloos vir my ma. Hou goeie moed, sê my ma.

Ons kry 'n lys voorskrifte van wat ons nie in die briewe mag skryf nie. Ons mag nie vra waar hy is nie, ons moet net positiewe goed skryf om sy moraal hoog te hou, ons mag hom nie ontstel nie. Ons leer om in briewe te skryf wat ons nie bedoel nie.

ons verlang na jou kom gou terug

Die briewe kom gesensor weer huis toe saam met my pa. Iemand anders het dit onder oë gehad voor my pa dit gekry het. Ek hou die papiere in my hand en verwonder my aan die gesensor-stempel op die koevert en op die papiere. Daar was soldate wie se werk dit was om ander mense se briewe te lees en te besluit wat hulle mag weet en wat nie.

Ek onthou poskaarte met onbekende name. Oshakati. Owambo. My pa se opgewekte stem in die woorde agter-op die poskaarte. Asof hy op toer is, op reis in vreemde eksotiese plekke. My pa bring geskenke saam van die grens af. Maskers uit hout gekerf. Boepensmandjies met stewige deksels wat vars ruik. Die grootste een kom in die badkamer langs die wasmasjien vir ons vuil wasgoed. My broers trek dadelik die Owambo T-hemde aan.

*

Ich, Bertolt Brecht, bin aus den schwarzen Wäldern.

Op universiteit word ek aan Bertolt Brecht bekendgestel. Die jong dosent lees sy gedig "Vom armen B.B." voor.

Meine Mutter trug mich in die Städte hinein

Als ich in ihrem Leibe lag. Und die Kälte der Wälder

Wird in mir bis zu meinem Absterben sein.

Die studente hou almal van Friedrich. Hy is jonger en meer ontvanklik as die ander dosente. Hy luister vriendelik en aandagtig. Ons doen graag moeite met sy opdragte. Maar soms draal sy stem eentonig, veral as die Duits-periode teen die einde van die dag val.

Ek kyk op my horlosie, hoop dat die dosent nie oor sy tyd gaan nie. As ek vinnig spring, kan ek die trein betyds kry, dat ek nie eers donker moet huis toe stap nie. Bertolt Brecht se woorde klink nog in my ore op my lang tog. Ek voel of 'n berg voor my lê.

Ek kom uit die ooste van die land. My ma het my hierheen gebring toe ek nog aan haar vasgeklou het. Die verlange na die plek waar ek vandaan kom, sal by my bly tot die dag van my dood.

*

My ma skryf haar inkopielys in Engels, 'n ou gewoonte uit haar grootworddae.

pint milk, cooking oil, sausage

Haar oupa het witpensioen gekry, sê my ma. Sy het soms saam met hom gestap as hy dit gaan haal. Niemand het gesien sy hoort nie daar nie.

As hulle nie wil hê ons moet weet wat hulle sê nie, praat ons ouers Engels met mekaar. Tot my broer hulle herinner: Moenie dink ons weet nie waaroor julle praat nie, ons leer almal Engels in die skool.

Maar ons mag nie praat soos die kinders by die skool of ons speelmaats in die straat nie.

My pa raas in perfekte Oos-Kaapse idioom, met ge-moduleerde klanke in suiwer Afrikaans.

Elke lettergreep afgemete uitgespreek.

*

Ek lees Anders se briewe nou na soveel jare en dit is asof ek hulle nog nooit voorheen gelees het nie. Wie het die briewe vir my weggesteek? Ek klou die papier vas, waar kom hierdie woorde vandaan hoe kan ek hulle nie onthou nie wat het van hulle geword dat ek dit nou eers weer sien?

Al die jare terwyl ek wag dat my man vir my sê: my lief, staan dit lank reeds geskryf in iemand anders se handskrif, oor en oor.

Meine Liebe, ek dink die hele tyd aan jou, wat is verkeerd, ek wil jou help, ek sal vir jou 'n vliegkaartjie koop, kom hier na my toe, ek sal na jou kyk tot jy gesond is.

In my kombuis lê 'n skerp mes op die stoof. Ek staan met die briewe in my hand, die woorde met groen ink geskryf.

Ek moes dit daardie eerste keer gelees het, ek moes dit vinnig weggebêre het, ek moes met alle mag daarteen geveg het om behoud te gee aan die briewe.

Ek staan in my kombuis met die papiere in my hand. Die mes lê daar op die stoof. Ek kyk na die mes.

Ek wil die mes teen my kop druk, dit daar indruk en kyk hoe kruip die goed uit my lyf uit. Ek sal afbuk en daarin krap, soek en soek na dit wat my toe weerhou het.

ek moes gedink het ek is nog klein en ek moet my woorde wegsteek voor my pa my slaan

Anders, is jy hier?

*

In Jena is ek 'n Suid-Afrikaner. By die skool is dit die kinders wat die meeste oor Suid-Afrika uitvra.

Ek moet 'n praatjie hou by 'n Afrika-aand. Dit word gereël deur kinders in graad 11 en 12. Die Afrika-sentrum gaan stalletjies opstel met tipiese kosse van hul lande. Die kinders vra my om iets te maak wat maklik is. Ek bak skons. Hulle stal dit op 'n bord uit en verkoop dit as Afrika-broodjies. Ek staan voor in die saal en praat oor Suid-Afrika en die tale wat mense praat en hoe ons mekaar verkeerd verstaan. En oor 1994 en hoeveel hoop daar nou is.

'n Man staan op en sê ja, maar wat gaan Mandela vir hulle doen, vir die lande in die res van Afrika? Kyk hoe sit ons hier. Ons is hier want ons kry swaar in ons eie land, niemand luister na ons nie. Mandela moet kom, hy moet ons help.

Ek kyk hom verslae aan. Ek het nie gedink ek sou namens

Mandela moet praat nie wat kan ek sê? Die omvang van die probleme in my land, in Mandela se eie land, is so groot, ons het maar twee jaar gelede eers vir die eerste keer gestem, ek is seker hy is so besig dat hy nie regtig kans sal kry om ander lande se probleme op te los nie. Buitendien, ek het al gelees dat hy sê mense moet self vir hul probleme verantwoordelikheid neem, ek is seker dit sou sy antwoord wees as hy vandag hier kon wees.

Ek sou as 'n grap kon byvoeg: ek sal hom sê as ek hom sien, maar ek sluk my woorde. Die man gluur my aan, hy hou sy oë op my terwyl sy liggaam stadig in sy stoel terugsak.

*

Is daar 'n geheime weg na 'n ander dimensie, deur die bladsye van 'n boek, dalk, of tussen woorde deur, hoe sal ek weet deur watter woorde ek kan glip? 'n Glipweg deur die tyd tot by die plek waarheen ek destyds moes teruggekeer het. En sal hy ook weer daar wees op die plek waar hy so lank tevergeefs gewag het? Ek wil weer wees waar ek was.

As daar 'n muur was met kalenders van al die jare wat verbygegaan het en ek kan elke bladsy afskeur voor dit gebeur.

As ek nou voor die muur kon staan en al die kalender-
bladsye lê op die vloer en het nog nie gebeur nie, as ek kan
opkyk en sien dit was net 'n nagmerrie, die tyd het nie
verbygegaan nie, die datum op die kalender voor my oë is
dieselfde as een van dié in sy briewe daar is nog tyd ek kan
nog skryf ek kan nog terug.

Ek bou my storie alleen, onseker, soos hy sy huis vir ons
gebou het. Alleen. Onseker. Hy het gebou en geskryf. Die
huis kon hy staanmaak maar hy het dag vir dag na die ou
een teruggekeer, sy hand in die posbus gedruk, 'n lugleegte
tussen sy vingers.

Toe ek van Anders weggedraai het, was dit uit gewoonte.
Soos ek geleer is.

*

Ek skryf 'n e-pos vir my broers. Ek moet julle darem laat
weet ek is besig om 'n boek te skryf en ek gebruik van my
herinneringe uit ons kinderdae. Ons het elkeen ons eie
herinneringe. Ek onthou wat ek onthou. Dalk skryf ek
goed wat jy en die ander glad nie herken nie. Maar hierdie
nota is net om julle in te lig.

My oudste broer skryf terug:

Ons het mos selde tekens gesien van vaderliefde, hy het ons mos nooit vasgehou of so nie? Maar daar is een ding wat ek soms onthou. Ek was klein en ek en hy het eendag dorp toe gestap. Miskien was dit toe die kar stukkend was en hy bank toe moes gaan en daarna onderdele gaan koop, ek weet nie. Maak nie saak nie. Ek onthou my hand wat syne vashou, net die middelste drie vingers van sy hand. Ons twee op pad dorp toe en hy laat my toe om sy vingers vas te hou. Die hele dag rondom is vaag, ek weet niks van die res nie. Net dié beeld bly by my.

*

ek tel my koppie koffie op.

van die hand na die mond. ek sien die koffie op die toets-
bord val. die vloeistof sypel oor die letters koffie melk ge-
smelte suiker spoel in straatjies af weg van mekaar.

die letters word saamgeneem spoel oor en in mekaar.
verdwaal en beur terug spoel saam met die stroom maak
nuwe woorde. en weer na mekaar toe.

ek neem 'n sluk. ek proe die warm soet bitter koue koffie.

ek drink tot op die droesem.

ek verlang na mense wat vir my kan lief wees.

*

Die universiteitsbiblioteek loop leeg. Die dag stuur vinnig op laat namiddag af. Ek gaan sit by 'n groot tafel en omring my met woordeboeke en naslaanwerke. 'n Dik rooi boek met "Duden" in dik swart letters geskryf. Die geel *Langenscheidt* wat ek met al twee hande optel.

Ek moet 'n taak in Duits ingee en kies as tema Brecht se epiese teater. Hoe sou mens dit kon vertaal? Vertelteater? Daar moet afstand wees, sê Brecht. Die toeskouer moet hom nie in die storie verloor nie. Ek maak hom gedurig daarvan bewus dat hy na 'n opvoering kyk, dis hoekom die verteller so belangrik is, vertel Friedrich wat Brecht sê.

Om die toeskouer wakker, op sy tone te hou. Sodat hy kan nadink oor dit wat hy voor hom sien afspeel. Daar is ook 'n sanger wat kommentaar lewer op dit wat op die verhoog voor die toeskouer aangaan.

Dié sanger, sê Brecht, skep 'n afstand tussen die toeskouer en die spel op die verhoog. Luister na die woorde, sê Friedrich, moenie net saamsing nie, maar luister na die woorde uit jou mond.

*

My pa praat aan die tafel met ons asof hy konstant besig is om bosberaad te hou. Hy praat en praat en praat. Hy dink ons luister aandagtig.

julle manne is besig om my te drop, man. julle drop my. julle moet my nie drop nie.

My pa leef in sy eie land. Hy is soldaat.

*

My broers het een vir een, sodra hulle kon, uit die huis gespat. Ek en my seuntjie stuur pakkies en briewe na Hongkong en Auckland toe. Ek leer hom om 'n pakkie toe te plak adres voorop te skryf posseëls op te plak. Dan neem ons dit poskantoor toe.

Ek doen dit om die toekoms te besweer.

Een van die dae is my kind groot en hy sal nie meer weet van briewe skryf nie en hy sal nie weet hoe briewe werk nie.

*

Ons het daarvan gedroom om die Atlantiese Oseaan te sien, sê Anders, eendag wanneer die grense oop is en ons oral heen kan gaan.

En dis een van die eerste dinge wat jy gaan soek het na die Muur geval het?

Ja, sê hy, ek het 'n groep vriende saam met wie ek vandag nog gereeld Ierland toe gaan.

En hoe het dit gevoel, die eerste keer, vra ek.

Hy het sy arms om my gesit. Ongelooflik. 'n Droom wat waar geword het.

Ek het met my kop teen sy bors gelê en Anders se hart-klop gehoor.

Vreemd, sê ek. Ek het by die Atlantiese Oseaan groot-geword. Ek het dit elke dag geruik. Ek kon soontoe stap en dit sien.

Sy hand streel oor my hare, ek hoor die glimlag toe hy antwoord: Jy was gelukkig.

*

Ek is nog skaars twee jaar oud. Ons kom met die trein uit die Oos-Kaap aan en mond uit in die Strand, in 'n klein baksteenhuisie in Twaalfde Straat tussen die ander soldate van die Kaapse Korps. Ek is te klein om veel te onthou. My ma gaan elke dag weg. Sy is 'n onderwyseres by Rusthof Primêre Skool daar naby. Mrs Petersen van langsaan hou 'n ogie oor ons en soms gee sy vir ons snye brood wat sy eers met 'n bietjie water natsprinkel en dan strooi sy suiker oor. Ek is altyd lus vir nog.

Oorkant die straat is 'n oneindige veld waar beeste wei. In die nag droom ek ek verdwaal in die veld en die beeste loop bo-oor my.

*

Waar was jy toe die Muur geval het?

Ek het hom dit nooit gevra nie.

En waar was jy toe Mandela uit die tronk gestap het?

Het ek hom nie kans gegee om vrae te vra nie?

*

In die middel van die tagtigs sit ons in Friedrich se kantoor. Daniele, Priscilla en ek.

Die video wat ons kyk, dra die aura van 'n geheime, klandestiene operasie, 'n revolusie as 't ware.

Wolf Biermann se aardskuddende konsert in 1976 in Köln. Biermann wat gekies het om in die DDR te gaan woon en deur sy liedere en kommentare die owerheid kritiseer. Dis 'n fyn spot, woordspelings wat ek met my beperkte Duits-kennis destyds nie heeltemal kon deurgrond nie.

Nou skryf ek hier en kyk weer met behulp van YouTube na die beelde en klank van destyds.

Wolf in blou-en-wit gestreepte hemp, polshorlosie aan die linkerarm, sing met oorgawe, met spot en selfspot.

Toe ek hom in 1996 in Jena gesien het, het ek gemerk sy oë was nog steeds so helder, al was hy ouer.

Net voor hy na Wes-Duitsland gekom het vir die konsert, het hy die volgende lied geskryf, vertel Biermann op YouTube:

ich möchte am liebsten weg sein und bleibe am liebsten hier

ek wil liewer van hier af weggaan en bly ook liefs net hier.
wat word tog van ons drome en wat word van jou en van
my. ek wil liewer nie meer hier wees nie en ek bly ook ver-
kieslik net hier.

Dan trek hy weer los met sy lied "Die Stasi-Ballade":

> *Menschlich fühl ich mich verbunden*
> *mit den armen Stasi-Hunden*

Hy het simpatie met die arme Stasi-honde wat hom in
wind en weer moet agtervolg en verslag doen oor sy doen
en late.

En die volgepakte stadion sing lustig luidkeels saam. Net
soos die aand in 1996 terwyl ek op die muur sit en die
Ostalgie misverstaan. In die nadraai van die Wende, in die
afloop van die opwinding na die Wende, midde-in die warrel-
wind van die onbekende werklikheid. Was die aand van
samesang met Wolf Biermann nie 'n terughunker na die
verlede nie, vra ek vir Anders. Nee, sê hy, dit was 'n ont-
hou. Ons probeer nog om vandag te verstaan. Daarom moet
ons soms weer stil word en terugdink, onthou hoe dit was.

As ons dit nié doen nie, sal ons lewe vandag geen betekenis hê nie.

Op daardie tydstip het Biermann nog nie geweet dat die DDR hom sy terugkeer na sy geliefde aangenome land sou weier nie.

*

Voor ek my verstand kry, trek ons Noltestraat toe. Ons woon in 'n groot huis met drie slaapkamers en 'n bad-kamer en 'n binnetoilet. Die straat is op die grens waar die wit woonbuurt ophou en die bruin buurt begin.

Ek en my broers drafstap vinnig in Mydrechtstraat af, al op die sypaadjie, stadig oor die klippertjies. Ek kyk links en regs voor ons Brewery Road oorsteek.

Verby die oop erf waar poeletjies water lê na sterk reëns en kinders paddavissies vang, verby die straat waar die Luxor-bioskoop is waar die skollies heel agter sit en die storie kliphard vooruit vertel, en as iemand dit waag om te sê nee man, gooi die skollies jou met blikkies en bottels teen die kop. Verby Bloems se jaart waar altyd iets groei, vye of kwepers of lukwarte.

By die bruggie oor die vuil stroompie wat na die see toe loop, skep ek asem.

Ons is nou halfpad, voor my rys die Laerskool Dr GJ Joubert uit die grond uit en loer vir my tussen die portjacksonbome deur.

Ek oefen my Bybelversies soos ek kerk toe hardloop vir Sondagskool op 'n Sondagoggend.

Ons hardloop die res van Mydrechtstraat af. Oor die bruggie verby die skool verby Gesang Twaalf in sy Tweede Wêreldoorlog-uniform.

As hy jou sien verby hom hardloop, skree hy kliphard: Gesang Twaalf! Heeldag en aldag patrolleer hy die strate tussen die kerk en die skool en salueer die inwoners en die kinders wat hom koggel.

Ek oefen my versies soos ek hardloop. Op die maat van my voeteval op die maat van vinnig weghardloop van lastige skollies op die maat van die kloppende musiek uit afgedraaide vensters van verbygaande motors.

ek slaan my oë op na die berge waar sal my hulp vandaan kom rondom Jerusalem is berge so is die Here niks sal my ontbreek nie hy laat my neerlê in groen weivelde

*

Kort na die Muur geval en die grense oopgegaan het, het Wes-Duitsers begin om hul staffies te swaai om die Ooste om te tower in die Weste. Maar selfs ses, sewe jaar was nog nie genoeg om die tekens van die DDR uit te wis nie. Soos nou in 1996. Naweke gaan stap ek deur die strate van ou dorpies. Elke Saterdag verlaat ek Jena die universiteitstad, die stad van ligte, van die Aufklärung. Ek koop 'n treinkaartjie na klein onbekende dorpies in die omgewing, 'n gewone dorp met gewone mense. Hulle ken nie vreemdelinge nie. Die koppe draai in my rigting soos ek in die straat stap. Ek kyk met die oë van 'n toeris. Keisteenstrate, hobbels onder die voete. Verf dop van mure af. Die verste dorpies word nie so vinnig gepoets soos die ander nie.

'n Trefwoord uit hierdie tye is Vergangenheitsbewältigung. Ek verstaan dit in 'n Suid-Afrikaanse konteks. Ons moet almal nog leer om met ons verlede saam te leef, om vrede te maak met wie ons was.

*

Ek het nie geweet hoe verwarrend dit sou kon wees vir iemand wat nie die plek waar ek woon, ken nie. My adres is op die man af. Die straat is vernoem na 'n Afrikaanse amptenaar en ek woon in die Strand met die poskode 7140. Maklik. Tot ek op hoërskool penmaats gesoek het en my naam instuur na die weermagtydskrif.

Iemand het teruggeskryf, 'n jong man. kanniemeersynaamonthounie. Hy het 'n foto saamgestuur en sy brief het oorgeloop van opgewondenheid oor my swart hare en swart oë soos ek my in die tydskrif beskryf het. Hy sal sommer kom kuier, het hy gesê, dan kan ons saam "lufhers lane" toe gaan, "jy weet mos waar dit is". Nee, ek het dit nie geweet nie, maar ek het gewonder hoe praat mens met 'n man wat nie kan spel nie.

Hy het natuurlik nooit aan my deur kom klop nie.

Dalk het hy tot daar gekom, of tot daar naby, by 'n oom of tannie of iets, en my adres opgesoek en krytwit geword toe hy besef waar ek woon.

*

Anders was lig. En donker.

Hy was tegelykertyd soos soet koffie en donker onpeilbaar, juis weens daardie alomteenwoordige humor.

Ek het begin wonder of die rede vir my wegdraai nie iewers daar lê nie: in die onpeilbaarheid en die verskillende brokke waarin sy lewe ingedeel was.

Hy het verskillende lewens gehad, het ek vermoed, waarvan die een nie noodwendig van die ander bewus was nie.

Ek begin wonder of dit nie daardie rimpelinge in my gemoed was, dinge wat ek nie kon peil nie, wat my weerhou het om sy briewe te antwoord. Of soek ek nou na redes wat nie bestaan het nie om myself te verontskuldig?

ek kon in sy oë sien dit wat ek vermoed het hy gevoel het, en in sy optrede teenoor my, en in die behoedsaamheid in sy eie reaksie

terwyl hy in sy briewe amper oorboord gegaan het

die woorde so direk, so vanselfsprekend oor sy liefde

dat ek, toe ek ver van hom was en sy briewe net vlugtig gelees het, dit vir myself kon rasionaliseer dat hy nie waar was nie?

*

Ek was so oud soos my kind binnekort sal wees. Seker nege jaar oud, miskien reeds tien. Woorde het na my toe gekom, ek kon dit in die lug sien hang, ek het opgekyk, dit herken, 'n potlood en papier gekry en dit neergeskryf. Toe wys ek dit vir my ma.

My ma het so baie kinders gehad, by die huis en daarby die ongeveer veertig in haar klaskamer, dat sy laatmiddag nie meer gehoor het wat enigiemand sê nie. Mammie, kyk wat het ek geskryf. Ek druk my gedig oor 'n hond wat hartseer is in haar hand. Ja ek sien, dis mooi. Die volgende dag skryf ek nog een en wys dit ook vir my pa. Toe hy dit lees, gaan haal ek ook die ander een. Hy lees albei en gee dit vir my terug. Ek het nog en nog geskryf en vir hulle gewys.

Toe is my pa se geduld op.

Is jy seker dit is joune dié? Ja, sê ek. Moenie vir my lieg nie, juffroutjie! Ek skrik toe hy dit sê. Hy het my dan die hele tyd geglo. Dit ís myne! sê ek maar ek weet ek moenie dit te hard sê nie ek moenie skree nie.

Dit is myne, Deddie, ek het dit geskryf, ek wys dit dan die hele week.

Ja, maar ek het gedink dit sal ophou, hoekom hou jy aan en aan.

Toe draai my pa op sy hakke om, sy voete doefdoefdoef in die gang af na sy slaapkamer. Ek hoor hy maak die kas oop.

Hy kom weer in die gang af en draai sy belt om sy hand.

Wys nou vir my uit watter koerant het jy dit geskryf.

Ek hou voet by stuk. Ek het dit nié uit 'n koerant af-geskryf nie, dis myne, ek het dit sélf geskryf!

Hy begin sy hand oplig en wys vir my die belt. Ek sal nié dat 'n kind van my vir my lieg nie, wys nou vir my waar het jy dit gekry!

My ma keer dán vir my dán vir hom. Moenie die kind slaan nie sê tog nou vir jou pa.

Ek kyk na my ma, ek sien in haar frons sy wil net hê dit moet end kry. Sy sal my nie help nie. Ek kyk op in my pa se gesig.

Deddie kan my maar slaan, ek het dit nié afgeskryf nie, ek het dit sélf geskryf. Ek kyk hom in die oë tot hy syne laat sak.

Die volgende dag kom hy by die huis aan met 'n swart A4-hardebandboek. Hy druk dit in my hande. Dis joune, jy kan nou al jou gedigte hierin skryf.

Ek het gedoen wat hy gesê het want ek het geweet hy sal later kom uitvind of ek hom gehoorsaam het. Al my woorde in my Sondaghandskrif. Ek het dit vir hom gaan wys.

Die swart boek het ek heel onder in 'n laai in my kamer geprop.

*

Na 'n senutergende buffer-teen-buffer-rit op die N1 kom ek en die kind weer eens by die skool aan. Ek parkeer op die breë sypaadjie en help hom om sy skoolsakke te dra.

Die kind is tevrede toe ek hom by sy klaskamer wegsien, hy sit langs sy nuwe beste maatjie en lees.

Buite wag ek eers tot die meeste motors weg is voor ek die bakkie aanskakel. Die geknars van haastige, ongeduldige wiele op die teer maak my senuagtig. Dus wag ek tot dit stil raak en ry dan tot aan die bopunt van die pad en draai vandag regs op in die rigting van die berg, verby die stroompie wat na sterk reëns luidrugtig ondertoe kabbel,

verby die groot wit huis met die Fachwerk teen die buite-
mure, swart balke in skoon patrone teen die wit mure van
die huis, wat my aan Anders se huis laat dink.

Ek kyk linksregslinksregs by die twee stopstrate, op my
hoede vir die mammas haastig op pad skool toe in hul groot
wit vier-by-viers. Dan weer links en stop naby Deer Park
Café. Ek sorg dat die handrem behoorlik tot bo opgetrek
is en stap afdraand op die sypaadjie. Dis nog nie heeltemal
oopmaaktyd nie maar die restaurant se deure staan wawyd
oop en daar sit reeds 'n man voor sy laptop binne.

Ek gaan sit by my gewone tafeltjie buite en bestel 'n
cappuccino.

Die tweede koppie laat my wonder of dit iewers in my
lyf 'n kankersel sal aktiveer.

Ek bestel weer my gewone ontbyt.

Gelate maak ek my iPad oop. Die gedagtes, die herinne-
ringe val oor hul voete deur my vingers tot op die skerm.

Ek skryf my boodskap in die hoogste oktaaf wat ek kan
my woorde val op dowe ore
my woorde plof op dooie ore
ek slaan my oë op na Tafelberg.

'n Man sit by 'n tafeltjie naby die grasperk en drink sy
koffie terwyl hy kyk hoe sy swart hond los hardloop.

Nog 'n man in 'n blou oorpak tel die tuinslang op wat in
die gras lê en verskuif die sproeier van een kol na 'n ander.

Die hond hardloop verwoed nader en spring oopmond in die lug om die water te hap.

*

Natuurlik weet ek van Wolf Biermann, sê ek toe Anders vra of ek saam na sy konsert wil gaan en eers wil verduidelik wie hy is.

Dit was op Saterdag 22 Junie, ons daag vroeg op by die Junge Gemeinde vir die opelugkonsert. Dis nog voor die konsert en Wolf stap tussen die toeskouers deur. Hy beweeg tydsaam van groep tot groep.

Anders wink hom nader.

Ach, aus Kapstadt? vra hy. Ek kom nou net daarvandaan, ek het daar ook konsert gehou.

Hy teken sy naam op die wit papier waarop sy program gedruk is. Hy vra wat my naam is en skryf dit neer. Ek sukkel om my naam te ontsyfer.

Later by Anders se huis besef ek my naam is agterstevoor geskryf, ek kan nie die skrif lees nie.

Hou dit teen die spieël, stel Anders voor. Ek druk die kant van die papier teen die koue glas en lees Biermann se woorde in spieëlskrif geskryf.

*

Dit is laatmiddag wanneer Uncle by die huis kom. Ons hoor die kleinhekkie oopgaan. My oudste broer hardloop uit en help Uncle om sy fiets in te bring. Uncle roep my om die geld te kom haal. Ek stap winkel toe en koop 'n *Argus* en 'n pakkie Cavalla-sigarette. Hy sit by die tafel in die sitkamer en druk die kleingeld terug in my hand. Nee, dis nie nodig nie, sê ek soos my ma my geleer het, maar vat dit dan tog omdat hy daarop aandring.

Ek hou die kleingeld wat my uncle vir my gee. Maandagoggend neem ek dit skool toe. Ons koop seëls vir ons spaarboekies. Halfsentseëls. Vyfsent net wanneer ons baie geld het. Ek het die meeste spaargeld van al ons kinders in die huis.

My broer het later die fiets gekry na Uncle se dood.

My pa se geld raak op. Ons klim in sy kar. Al sy kinders, spaarboekies in die hand. Ek het die meeste seëls van almal. My pa ry poskantoor toe. Die vrou agter die toonbank trek 'n streep deur al my seëls. Sy tel die geld in my pa se hand uit.

*

My heel eerste gesprek met Markus was 'n skoot koue water. Hy het saam met die ander mentors na Freiburg gekom waar ons groepie buitelanders bymekaar was voor ons na ons onderskeie skole en stede sou gaan.

Een van die organiseerders van die uitruilprogram het die mentors na ons toe gebring. Ons moes elkeen alleen by 'n tafel sit en wag.

Markus het nader gekom. Valda Jansen? het hy gevra.

Ja, het ek gesê en my hand uitgesteek.

O, het hy gesê, ek het gedink jy sou wit wees.

Ek kry skaars die woord "hoekom?" uit.

Na ja, ek het gedink 'n vrou met 'n Europese naam soos joune, 'n vrou uit Suid-Afrika wat Engels praat . . . dit was tog vanselfsprekend dat jy wit sou wees.

*

Ek mis dit om in my huis in Johannesburg te wees.

Ek mis die hoë plafonne die koel stoep waar my kind sy eerste tree gegee het die groot kombuis met die drie rooi ligte wat uit die dak hang en die gasstoof en werkarea verlig. Die toonbank waar my skootrekenaar 'n permanente plek gehad het. Die vensters wat op die agtertuin uitkyk.

Ek mis die stilte wat een keer per jaar oor die stad neerdaal, wanneer die stad vuisvoos leegloop en sy fortuinsoekers lafenis elders gaan soek. Dit is die tyd wanneer ek verkies het om alleen agter te bly om oor die Kerstyd te werk en in die stilte my batterye te herlaai.

*

Terwyl ek Anders se huis oppas tydens sy reis na Ierland, stuur hy vir my 'n poskaart. Agterop met die eerste oog-opslag net 'n groot letter "d". As jy fyner kyk, is dit ge-vorm uit die woord "desire" oor en oor herhaal. Ek kon my voorstel hoe hy in sy hotelkamer sit in die aand, of in die kroeg saam met sy reisvriende terwyl hulle sit en drink of mooi meisies dophou.

Of in 'n koffiewinkel in die middag sien hy 'n poskaart by die kasregister, koop dit en sit en skryf "desire" oor en oor in 'n d-vorm terwyl hy vir sy cappuccino sit en wag.

En toe die vakansie oor is, bring hy vir my 'n geskenk, 'n halssnoer. Die Keltiese teken van die boogskutter, wat soos 'n hoofletter F lyk.

Hy hang dit om my nek.

ons verjaar in dieselfde maand
maar ek verjaar in die somer en hy in die winter

*

Dis reeds laat Saterdag toe ons voor Uncle Cyril se huis in Athlone stilhou. Sy oudste dogter maak die deur oop. Die vriendelikste van die drie dogters en die een wat die meeste moeite doen om met ons Afrikaans te praat.

Daddy is in die sitkamer, sê sy vir my pa, stap maar deur soontoe.

My broers hardloop weer uit om buite te gaan speel. Maar ek stap saam met my ma aan kombuis toe. Ek sal bly wees om in 'n warm kombuis te kom en met tee en koek bederf te word.

In die gang op pad na die kombuis is die glasdeur na die sitkamer toe. My pa draai die deurknop en stap in.

Uncle Cyril sit in die sitkamer voor die TV. Hy kyk die nuus sonder klank.

My pa lag. En nou? vra hy.

Uncle Cyril sê: Kyk hoe stupid lyk die Boere, ek wil nie nog hoor wat hulle sê nie.

My pa en sy oudste broer help mekaar wedersyds. Die een bel diep in die nag en vroeg in die oggend. Die ander een help sonder teëspraak. Hulle ma is dood toe my pa agtien was en teen daardie tyd was hul pa lankal reeds met iemand anders getroud. Voor my ouma dood is, het sy vir hulle gesê: Julle moet na mekaar kyk.

Die oudste broer het klaar geleer en gaan skoolhou en vir die middelste broer se studies betaal. Maar toe dit my pa, die jongste broer, se beurt was om te studeer, kon die middelste broer nie vir my pa se studies betaal nie. My pa het by die staande mag aangesluit toe hy nie 'n goeie werk kon kry nie, veral nie in die Oos-Kaap nie.

My pa was 'n voetsoldaat. Ek is in die infanterie, het hy trots verklaar.

*

Sal ons môreaand vir ete ontmoet? vra Anders by die skool.

Die volgende dag is Vrydag, sy af dag. Dan sal ons mekaar nie deur die dag sien nie.

Okay, sê ek. Waar?

Beim Italiener? Um sieben?

Die volgende aand drafstap ek van die busstop na die pizza-en-pasta-plek in die middedorp. Anders sit reeds by 'n tafel. Hy glimlag toe hy opkyk en my sien. Ek het my hare onder 'n groot mus weggesteek weens die koue. Binne is dit heerlik warm, ek skud my hare los, dit hang lank en glad teen my rug af. Hy frons.

En nou? Jou hare lyk anders.

Ja, ek verander graag my voorkoms so nou en dan. Hou jy nie daarvan nie?

Du siehst jetzt genauso aus wie alle anderen. Jy lyk nou net soos almal.

Ek blaai deur die spyskaart en hou my ongeërg. Dis net hare, maar partykeer wíl mens soos ander wees. Ek ook. Ek wil nie net heeltyd die vreemde vrou wees nie.

Maar ek hou meer van jou soos ek jou leer ken het. As jy soos 'n waternimf lyk, asof jy so pas onder 'n stort uitgeklim het met jou lang lang krulle.

'n Paar oomblikke lank kyk ons mekaar net aan.

Ek het nie gedink voorkoms is 'n faktor nie, het ek gesê. Buitendien, ek hou nie eens van water nie.

*

Die Laerskool Dr GJ Joubert is 'n tweeverdiepinggebou omring deur hoë bome, portjacksons, wat met goeie bedoelinge per skip aan die Kaap geland het, soos 'n veldbrand versprei het, en elke keer as die seisoene verander en die geel blommetjies deur die wind in die lug versprei word, vir my pa hooikoors gee. As my pa met sy hande op sy knieë gaan stilstaan, met sy oë toe, en dan onophoudelik en kliphard begin nies dat die honde skrik en buitentoe hardloop, weet ons die lente het opgedaag. Die bome groei langs die rivier wat onder die bruggie deurvloei op pad na die see.

Ek stap oor die bruggie met 'n beklemming in my binneste. Alles trek binne-in my saam. Massas kinders stroom van oral by die klein hekkie in na die skool toe. Ek moet tussen hulle verdwyn en deur hulle stap, in by die hekkie op met die trappe af met die lang gange heen en weer in 'n doolhof van mense en stemme wat skree en voete in my pad en hande wat aan my raak. Ek klem my rugsak styf vas en staar stip op die grond.

Die skool ruik na nat bordkryt wat klewerig raak in die koue. Soms byt ek stukkies kryt af en kou dit as niemand kyk nie. Ek byt die punt van my potlood en kners dit tussen my voorste tande. Ek hoop dit is giftig en ek sal siek word en hospitaal toe gaan waar mense my sal jammer kry en sag met my praat en vir my boeke bring om te lees.

Oral in die gange hang die sterk reuk van die ontsmettingsmiddel wat die opsigter mildelik in die toilette strooi. Party kinders noem haar sommer op haar naam. Maar my ma sê ons moet sê Antie. Sy glimlag altyd vriendelik as mens in klastyd gou by die toilette moet inhardloop terwyl sy besig is om skoon te maak. Ek het my altyd verwonder dat sy so gelukkig kan lyk met 'n werk waar sy amper heeldag toilette moet skoonmaak. Sy het nie omgegee as ek oor die nat vloer stap nie. As ek eers verskrik gaan stilstaan omdat ek haar steur, sê sy sag nee, dis fine, my meisie, stap maar.

Aan die einde van standerd vyf, toe ek hoërskool toe gaan, was my ma my groen skoolrok met die geel kragie wat ek jare lank gedra het en die wit kouse en die groen trui 'n laaste keer mooi uit en sit dit in 'n plastieksakkie en gee dit vir Antie vir haar dogter.

Toe ek klaarmaak met skool aan die einde van matriek, het my ma dieselfde gedoen. My skoolklere en blazer en wit hemde en swart tracksuit met die groen en geel strepe al langs die moue en swart skoene en duisend keer gewaste wit sokkies. Alles in 'n sakkie. Antie het dit met trane in haar oë ontvang. Ai hene Juffrou, ek het gewonder waar gaan ek die geld kry om vir my kind skoolklere vir die hoërskool te koop en hier kom Juffrou met alles in die hand ek weet nie hoe om dankie te sê nie die Here sal jou seën.

In die laat tagtigerjare het ek in Mitchells Plain skoolgehou en by die interskole in die Athlone-stadion het my alma mater uit die busse gepeul en het die mense agter hulle hande gefluister: daar is die skool met die ANC-kleure.

Op skool het ek altyd iewers in die middel van die klaskamer gesit waar ek gehoop het niemand my sal raaksien nie. Ek skrik uit my dagdroom as die onderwyser my naam roep. Is jy klaar met jou werk? Neem gou dié vir die hoof.

Ek stap alleen met die trap af met die papiere in my hand en die reuk van die sementtrappies in my neus. 'n Groot seun kom van onder af op, draf die trappe twee-twee op druk in die verbygaan sy hand onder my rok in vee met sy vingers tussen my bene. Ek is stom van skrik, maar gryp my roksoom en druk die punte teen mekaar vas. Ek staan botstil en kyk hom agterna terwyl hy kliphard lag en verdwyn. Ek het nie die woorde gehad om my ma te sê wat gebeur het nie.

*

Sal ek vir ons iets maak om te eet? Ek is vir die naweek by Anders in sy huis. Ek het 'n ui gaan koop en twee tamaties. Vleis ook, by die slagtery naby die huis. Hy het op die agtergrond gehuiwer terwyl ek sy kastrolversameling in die kombuiskas bekyk. Ek het een gekies vir die bredie, nie te groot, nie te klein, net genoeg vir kos vir twee mense.

Ek weet nie of jy van die kos sal hou nie, het ek gesê, dis baie eenvoudig, net 'n smoor – uie en tamatie saam gaargemaak – met vleis daarin gestowe, ek is baie lief daarvoor.

Hy het op die agtergrond gebly asof hy 'n toeskouer was. Asof hy ongewoond geraak het om 'n vrou in sy ruimte toe te laat. Een wat potte uit 'n kas haal, plate aansit, net die regte hoeveelheid kookolie in die pot afmeet, by die tafel gaan sit, die blare van die ui afskil en dit in skyfies sny. Terwyl die uie saggies in die olie sis, gaan ek by die tafel sit en sny die tamaties in skywe. Ek sny een van die skywe in twee stukke en sit een helfte in my mond, uit gewoonte.

Daar was nie sout in sy kombuiskas nie, onthou ek nou. Wat soek jy, wou hy weet toe ek tussen die goed begin rondkrap.

Waar is jou sout, het ek gevra en hy het met sy oë die kombuis begin fynkam.

Ek is amper seker hier is so iets iewers in hierdie kombuis. A, het hy gesê en geglimlag, hier staan dit.

Hy het opgestaan en die sout aangegee waar dit op aandag staan in die hoek tussen die twee bankies by die eettafel.

'n Glaspotjie met vertikale riffels en die kenmerkende gaatjies aan die bokant.

Ek het die klein bietjie sout in die glaspotjie so gekyk en gesê ons sal moet gaan sout koop, anders kan ons nie meer kos maak nie.

Hy het net gesê as mens mooi daarmee werk, sal die sout nog baie lank hou.

Ek het die bord met gesnyde tamaties opgetel, dit oor die rand van die pot op die stoof gehou en al die rooi in die pot laat afgly. Toe hou ek die bord onder die kraan, maak die kraan versigtig oop en laat 'n klein straaltjie water in die bord tap, skud die bord so 'n bietjie soos mens pannekoekdeeg in 'n pan losmaak, en laat die water en die laaste tamatierige sous saam in die pot afgly.

Die leë bord kom in die wasbak, dan tel ek die pot aan sy swart handvatsels op en skud dit saggies heen en weer dat die uie en tamaties en sous in die pot meng. Dan was ek solank die vleis af en gooi die uieblare en tamatiestukkies in die drommetjie vir biologiese afval.

Ek sien dis tyd vir die vleis. Ek tel die bord van die tafel af op en laat die stukkies vleis in die pot afgly in die warm uie-en-tamatiesous. Terwyl dit prut, sit ek solank die rys op. Dan sit ek die twee deksels op, vee die tafel waar ek gewerk het met 'n nat lappie af en was my hande met lekkerruikseep.

En later, toe die geure deur die huis begin trek, het hy verwonderd opgekyk van die boek wat hy besig was om te lees.

Die kos ruik net soos dié wat vriende van my destyds gemaak het toe ek op universiteit was. Hulle was ook van Afrika, maar nie Suid-Afrika nie, iewers anders, maar dit ruik net soos die kos wat hulle altyd gemaak het.

Ek het verwonderd besef dat buitelanders my in 'n ander, groter konteks plaas as net my eie land. Dat ek ook vereenselwig word met die kontinent waaruit ek kom. Dat my teenwoordigheid in die vreemde ook die verwysingsraamwerk van 'n groter Afrika saamdra. Ek hoef nie lang toesprake daaroor te hou nie, dit is reeds daar, dit is volbring.

*

Sondagoggende jaag ons ouers ons aan om betyds by die kerk te kom. Die kombi se wiele kom knarsend op die geteerde parkeerterrein tot stilstand. Dit voel asof almal wat binne-in die kerk sit, ons kan hoor. Ons moet vinnig uitspring, haastig tot by die deur stap en dan stil en stigtelik die kerk binnegaan. Onthou die mense kyk vir ons moenie my in die skande steek nie maan my ma. Die NG Sendingkerk het twee voordeure, mens stap van voor af in en skrik elke keer as jy inkom en sien hoe almal opkyk en jou dophou terwyl jy met almal se oë op jou instap, 'n oop plekkie in die banke soek en verlig gaan sit. Partykeer is ons so laat dat ons onder die klanke van die eerste gesang instap.

    loof die here o my siel die kerk is 'n inkantasie

Na kerk gaan ons huis toe. In die kombuis haal ek 'n groot glasbak uit die onderste kas, 'n skoon vadoek uit die laai, kry geld by my pa en stap na Mrs Baderoen se huis verder af in die straat. Ek stap agterom na die kombuis omgeef deur die geur van speserye en klapper en pas gebakte koeksisters.

*

Bertolt Brecht kon net sowel met ons gepraat het, vandag, hier in hierdie land, sê Friedrich. Ek haal my potlood uit, slaggereed om aantekeninge te maak in die kantlyne van die velle papier wat hy in die klas uitdeel.

Wirklich, lees Friedrich, *ich lebe in finsteren Zeiten!* Ek lewe in donker tye.

Was sind das für Zeiten, wo ein Gespräch über Bäume fast ein Verbrechen ist. Watter soort tyd is dit waarin ons leef dat 'n gesprek oor bome eintlik 'n misdaad is omdat dit beteken dat ons oor soveel ander dinge swyg!

Hoe sou Brecht kon weet wat in my kop aangaan. Dit vra ek nie vir Friedrich nie. Ek maak getrou aantekeninge. Friedrich lees voort asof hy self die woorde uitgedink het.

Man sagt mir: Iss und trink du! Sei froh, dass du hast!

Wees bly dat jy iets het. Maar hoe kan ek eet en drink as daar ander is wat honger en dors is?

Sy stem sak 'n aks laer.

Und doch esse und trinke ich.

*

Jy moet ander klere gaan aantrek, sê Anders.

Hoekom?

Die klere wat jy aanhet, is te formeel.

Maar ons is dan vir ete genooi, mens trek jou mos mooi aan en neem 'n bos blomme saam en 'n bottel wyn.

Nee wat, sê hy, dis maar net ou vriende, ons eet sommer nes ons is, hulle sal ook nie opdress nie.

Ek doen wat hy sê. Ek trek weer my gewone jeans aan en 'n toppie en my stapskoene.

By Ute aangekom, sien ek wat hy bedoel. Almal is net soos hulle elke dag is. Ons eet in die kombuis. Die kastrol word van die stoof gehaal en in die middel van die kombuistafel neergesit.

Ons sit by die kombuistafel. Gewoonweg. Asof ons mekaar lankal ken. Asof ons by die huis is.

Ek proe nog die warm, sagte aartappels en vleissous asof ek nou daaraan eet.

*

In die trein op pad na die Strand sit ek met die aantekeninge op my skoot en die *Langenscheidt*-sakwoordeboek in die hand.

Wat beteken finster. donker. Verbrechen. misdaad. Untaten. wandade.

Ek hersien al my lesings van die dag. Dis nog ver huis toe.

Een laatmiddag, soos soveel ander, is die trein na die Strand laat. Studente en werkers sit gelate op die bankies en op die grond op platform vier van Bellville-stasie. Ek maak my rugsak oop en haal die pak papiere uit wat Friedrich dié dag in die klas uitgedeel het.

Uit Brecht se *Buckower Elegien* is dit die een oor die rook wat die lug in draal wat die langste by my bly. daar is 'n huisie onder bome langs 'n meer. rook styg van die dak af.

Fehlte er

Wie trostlos dann wären

Haus, Bäume und See.

as die rook nie daar was nie, wat sou van die huis en die bome en die water oorgebly het, wat sou van hulle geword het

as dit nie vir die rook was nie, wat sou die huis en die bome en die water wees?

*

Ek het begin om oor hom te skryf en op een of ander manier het ek voor 'n spieël te staan gekom en ek hou nie van wat ek sien nie.

Ek lê die skuld van sy dood voor my deur. Is dit die mens wat ek geword het, vra die vrou. Is dit hoe ek nou lyk? Ek het nie na myself geluister nie.

Ek is nie wie ek was nie, sê die vrou voor die spieël.

Ek dra sy briewe in my handsak saam, dit hang soos 'n sak sout oor my skouer.

In die gang stap ek my in jou vas, sonder om jou te sien, 'n spook. Ek voel jou teenwoordigheid aan. Omdat ek wil? Of omdat jy daar is?

Nou eers hoor ek jou stem in jou briewe. Kon ek destyds dan nie lees nie?

*

Dis die einde van die kind se eerste besoek aan Duitsland. Op die lughawe in Frankfurt stap ek saam met hom in 'n boekwinkel in, terwyl die man in 'n restaurant wag. Die kind stap instinktief na die kinderboekafdeling. Daar staan hy moedeloos en kyk. Al sy gunstelingkarakters herken hy, die prentjies, die logo's is dieselfde. Hy bring een van die tydskrifte na my toe. Mamma, ek wil dié een hê maar ek kan dit nie lees nie.

Dis in Duits geskryf, sê ek.

Maar hoekom is alles in Duits? kla hy.

Dis omdat ons in Duitsland is.

Die kind se mondjie pruil terwyl ek vir my boek betaal. Ek vat sy hand en ons stap uit op soek na 'n ander, groter boekwinkel waar daar ook Engelse boeke en tydskrifte sal wees.

As daar 'n Duitsland is, hoekom kan daar nie 'n Afrikaansland wees nie?

Daar wás voorheen 'n Afrikaansland, maar ons wil dit nie weer terug hê nie, brom ek binnensmonds.

Gelukkig hoor hy my nie, want dit sal net tot meer vrae lei.

Gelukkig sien hy 'n ander boekwinkel op die horison.

*

Alleen by Anders se huis in Jena kry ek 'n poskaart van hom van sy reis in Ierland saam met vriende. Toe Oos-Duitsland nog 'n land was en hulle ingehok tussen sy grense, het hy en sy groepie vriende planne beraam oor hoe hulle, wanneer die grense oop is, 'n paar jaar na mekaar elke keer 'n klein stukkie van Ierland sal gaan bereis en ontdek. En van hierdie reis kry ek 'n poskaart met 'n prentjie van groen gras en 'n dynserige blou hemel.

Ek het lank reeds geweet hy is besig om verlief te raak.

Ek pas sy huis op en hy stuur 'n poskaart van sy reis deur Ierland.

"Ek ry agter 'n swaar vragmotor, ek word aangepor ek moet hom verbysteek, maar my gedagtes dwaal. Soveel so

dat ek later nie meer wil verbygaan nie. Want voor my gees-
tesoog, so duidelik asof die gesig op die agterkant van die
vragmotor geverf is, erscheint ihr Gesicht. Die groot don-
ker oë waarin ek wil verdrink die swart hare waarin ek
my vingers verstrengel ek wil bly en bly met hierdie beeld
voor my . . ."

Hoe om weg te loop van sulke woorde.

Jou Schwanz is warm teen my lyf, 'n knus bondeltjie. Wag
geduldig vir my om wakker te word. Jy vorm my agter-
hoede.

*

Ek en my broers stap dorp toe. Dis ver van die huis af, al
is dit nie eens met Kusweg langs nie. Ons loop op die
sypaadjie tussen die witmense se huise. Ons het 'n brief
gaan pos wat my ma vir iemand geskryf het. Of inkopies
gaan doen by die supermark. Of sommer net winkelven-
sters gaan kyk, omdat dit skoolvakansie was en daar nie
veel was vir ons om te doen nie. Ons stap van winkel tot
winkel en kyk na die uitstallings in die vensters. Ons gesin
se vermaak ook op 'n warm somersaand as ons nie in die
huis ingehok wil wees nie, en in elk geval nie op die mooi
wit strand oorkant die helder verligte geboue toegelaat

word nie. Nou is dit vakansie en dis oggend, ons is verveeld en stap in die dorp rond. Ons mag nie daar woon nie, ons mag net inkopies doen en dan die dorp verlaat, ons mag nie in restaurante eet nie, veral nie in die Wimpy nie. Ons stap verby die hotel wat oorkant die wit strand staan.

*

Hoekom juis na Ierland, het ek hom gevra.

Omdat dit ver genoeg en naby genoeg was, het hy my vertel. Omdat die vriende saam met wie hy gegaan het, almal net soos hy kanker-oorlewendes was. Hy was 'n dosent en onderwyser en kon seker veel meer gereis het, maar vir hulle was Ierland bekostigbaar. Buitendien, hy het 'n kar gehad. Hulle het telkens al hulle bagasie op die dak gepak en gery.

*

Ek skryf 'n opstel op die skoon bladsye van 'n swart hardebandboek. Ek skryf soos my ma. My vingers vorm die letters soos sy dit doen wanneer sy in haar verslagboek skryf, wanneer sy haar lesse vir die volgende dag beplan of wanneer sy 'n resep neerskryf. In die namiddag as sy moeg van die skool af kom, maak sy kos vir haar ses kinders en 'n man. In die middel van die 60's is ek gebore in 'n tyd toe my ma dit nie nodig gehad het om nóg 'n kind te kry nie. In die 70's het ek skool toe gegaan en in die 80's was ek op universiteit. Geluk was dun gesaai, slegs klein oomblikke asof per ongeluk.

ek sien my ma sy kom op die voorstoep uit dit is warm dit is dag ek is in die middel van die prentjie sy bring vir ons elkeen 'n koppie tee die tee maak sy met warm melk en twee lepels suiker 'n mooi koppie op 'n piering ons roer die tee ons drink dit bietjie-bietjie die mense stap voor ons in die straat verby

*

Ek laai my kind by die skool af en ry weer my gewone paadjie na Deer Park toe. Dis nog vroeg, ek kry 'n parkeerplek reg langs die ingang. Binne groet ek en die kelners mekaar vriendelik en ek stap eers deur na die toilet. My koffie wag reeds op die gewone tafeltjie toe ek terugkom.

Nog motors hou buite stil. Drie vroue kom een vir een binne, kom sit saam-saam by een tafel oorkant my, al pratende, hulle bestel net koffie maar sit lank en gesels.

Ek kyk op van my iPad en sien die man met die swart hond buite die venster in die park, 'n wegneemkoffie in sy hand.

Die deur gaan oop. 'n Lang man kom by die deur in met 'n seuntjie in sy arms. Die kind het Anders se hare. 'n Bol van goue krulle. Ek sien nie die pa en seun se gesigte nie, ek sien net die kind se hare, dis asof dit Anders is toe hy 'n kind was. Hulle stap reg voor my verby, ek kan nie anders as om te kyk nie.

Hulle gaan sit by die tafel langs myne met die kaggel tussen ons, die seuntjie sit met sy rug na my toe.

Ek sien uit die hoek van my oog die pa staan op en gaan na die toonbank toe. Ek draai my kop en drink die kind se hare in.

elke krul staan soos hy wil, maar in die middel van sy agterkop is 'n stuk hare wat reguit hang. ek weet presies hoe dit sou voel as ek my hand sou uitsteek om daaraan te vat.

Die pa kom terug, ek draai my kop na my eie tafel toe. Een van die vroue oorkant my sit my en aangluur. Haar oë sê ek mag nie kyk nie.

*

Dit was die hoeveelste Sondag na my pa die tweede keer van die grens af gekom het. My broers het die oggend weer in alle windrigtings uit die huis gespat.

Ons weet nie wat dit is wat met my pa gebeur nie. Hy is net skielik anders. Ek ken die woord drink. Ek weet hoe hy is as hy hard drink. Maar dit wat hy deesdae doen, maak hom sterk, sy oë staan stokstyf in sy kop, hy kyk my aan soos 'n roofdier sou.

Ek wil wegkom, maar my ma se oë hou my vas.

Ek luister die hele dag met spitsore na geluide agter die toe deur van hul kamer. Ek hoor my pa se stem hard een-tonig dreunend beskuldig, my ma mag nie antwoord nie.

Ek hoor my ma gedemp skree. Ek stap in die gang af, luister by die toe deur. Ek hoor niks. Ek gaan terug.

My ma skree. Ek spring op, hardloop in die gang af. Ek ruk die deur oop. My ma sit op die bed. Hy sit by my ma.

My pa se sterk hande klem om my ma se keel.

My pa skrik toe ek in die deur verskyn. Hy los my ma, hy pyl op my af, hy stamp my teen die bors. Ek val agter-toe op my rug op die vloer in die gang. Ek kyk na my pa, sien hoe hy woordeloos skree. Ek sien hoe gooi hy die deur toe.

Ek hardloop nie weg nie. Ek huiwer in die huis, tussen die voordeur en die gang. My liggaam gespits.

Ek hoor my pa se voetstappe op my afkom. Sy vingers span om die pype in my nek. Hy dwing my so na die kamer. My pa smyt my neer op die bed voor die spieël. Hy sit op die stoel, sy gesig byna in myne. Hy spoeg woorde in my gesig. Jy dink jy is beter as ander. My pa klap my gesig met 'n harde hand. My lyf absorbeer sy geweld. Die plek aan my linkeroor waar die nuwe oorbel hang, skeur.

Ek staan op. Ek loop in die gang af by die voordeur uit in die straat. Ek draai in die rigting van die see. Ek weet hy is nou uitgewoed.

*

Jena 1997

Meine Liebe,

Ek hoor steeds nie van jou nie en weet nie wat om te sê nie. Ek bly besig.

Naweke bou ek aan my huis. Met my eie hande bou ek die vloere en die trappe en die dak. Dis my woordeskat deesdae. My kop is vol bouterme. Ek raas en maak lawaai, net soos die stadsowerhede wat deesdae net ombou en oorbou en afbreek en weer bou.

Maar jy, as ek aan jou dink . . . En ek dink die hele dag aan jou. By die skool, in die klaskamer, in my motor, by die ou huis, by die nuwe een hier op die bouterrein. En al wat by my opkom is: muur. Sy het 'n muur om haar gebou. Sy wat sonder mure hier geleef het saam met my.

En daar is niks wat ek daaraan kan doen nie. My hande is af-gekap.

Dein

Anders

*

Ek kyk links en regs voor ek die groot straat met die dubbelbane kruis.

Ek stap verby die begraafplaas, verby die wittes se kampeerplek waar die wit seuns mens met klippe gooi as hulle jou sien. Ek stap, ek stap tot by die see.

Ek hou links verby die wit paaltjies wat my wegkeer van die witmense se swemplek, ek sien nie meer die rooi bord wat skreeu ek mag nie ek mag nie ek mag nie.

Ek loop tot my bene te moeg word, ek versink in die wit sand.

Ek vind nie my troos by die see nie.

Die dag toe ek agtien was en op pad universiteit toe, het ek besef: my pa het lankal opgehou om my met sy hand te slaan. Hy het geweet hoe ek die seerste sou kry. Hy het die woord geken, die laaste donker woord.

ek is agtien niks kon my doodmaak nie my mond is nog so vol woorde hoe kan ek nou al gaan hoe kan ek doodgaan daar is nog baie wat ek moet sê

en het jy alles gesê wat daar was toe jy jou laaste asem uitblaas?

*

Die bakkie ry teen 100 km per uur in die middelbaan op die N1. 'n Wit skoenlapper beur teen die wind.

My oë is vasgenael op die wit vlerke, ek pyl daarop af, ek kan nie anders nie. Die skoenlapper kan ook nie weg- kom nie. Die bakkie tref die vlerke teen 100 km per uur.

Net 'n geel blerts bly op die voorruit agter.

*

Waar was ek laas? By die begin.

Anders en Benni. 'n Man en sy kat in die huis met die trap. Die kat wat Afrikaans verstaan en in miaau kon ant- woord. Hoekom het ek nie teruggegaan nie? Hoekom het ek teruggekom na 'n plek wat my nou nog nie verstaan nie?

Ek was agterna verbaas oor my vrypostigheid. Ek wil my oë toemaak en in daardie oomblik bly.

Ons sit die hele huis vol deur die loop van die nag, ek op die een rusbank en hy oorkant my op die ander. Hy steek die kers aan wat tussen ons staan. Hy staan op en gaan kombuis toe om iets te maak om te drink, ek drentel agterna met my vrae.

Hoe was die lewe in die DDR vergeleke met nou? Is dit beter is dit slegter? Voel jy tuis in hierdie nuwe land? Hy beantwoord elke vraag geduldig.

Ek luister aandagtig en dink reeds aan die volgende vraag, asof daar 'n beloning wag aan die einde van die lang nag.

Tot die laaste vraag opdaag: hoekom is jy alleen? Hy haal sy skouers op. Sy is weg, net na die Wende, soos so baie ander, sy woon nou in die Weste in Wes-Duitsland.

En hoekom het jy nie saamgegaan nie?

Hy lag. Ek het gedink dis die laaste vraag. Sal ek vir ons nog 'n cappuccino maak?

Maar dis te laat in die nag om die donker te besweer met duisend vrae, of om my huis toe te neem. Ons besluit ek moet bly, oorslaap en die volgende oggend teruggaan. Hy het in 'n boks gaan krap waarin van sy suster se klere was.

Jy kan dit maar hou, sy het dit hiernatoe gebring om weg te gee, sy wil dit nie meer hê nie.

Ek gaan was en trek 'n nagrok aan in die badkamer aan die onderpunt van die trap.

Het jy self die badkamer ingebou, het 'n kollega van-middag gevra toe sy uit die toilet kom en haar jeansgordel vasmaak.

Mit diesen Händen, het hy geantwoord, en sy skouers opgehaal asof dit niks besonders was nie.

Die rusbank was te klein vir enigiemand om gemaklik op te slaap. Ons het saam op die dubbelbed gaan lê. Die dubbel-

bed het presies gepas in 'n inham in die vertrek. Twee enkel-
beddens wat styf teen mekaar staan met twee enkelbed-
duvets soos wit wolke. Weggesteek agter 'n wit gordyn soos
die sluier van 'n bruid.

Die daaropvolgende kere het ek feitlik nooit op die aparte
bed geslaap nie, altyd teenaan hom, anders het ek koud
gekry.

*

Ek is op hoërskool. My pa doen 'n graad in krygskunde in
Saldanha. Ons besoek hom sommige naweke en skoolvakan-
sies. Ons woon bo-op die bult in 'n houthuis en eet saam
met die soldate in die menasie. Die vrou van een van die
offisiere nooi my ma na haar huis toe vir tee. My ma dwing
my om saam te gaan. Ons sit vir die eerste keer in 'n wit
vrou se huis en laat haar toe om vir ons tee te bedien. Sy
vra of ons suurlemoen in die tee wil hê of melk en suiker.
Nie suurlemoen nie, dankie. Ons weet nie wat om te praat
nie, ons sê net ja en nee. Sy gee vir my 'n boks vol van haar
ou klere wat sy gedra het toe sy nog jonk was. Dansrokke.
Uitgaanklere. Ek weet nie waarheen ek die klere gaan aan-
trek nie.

*

Hy wag agter sy gordyn.

Ek skakel ligte af so ver soos ek gaan. Die wit gordyne glim in die donker. Ek trek die een weg, hy lê en wag. Ek kruip deur die gordyne en hurk by hom op die bed. Sy oë is op my. Sy mond glimlag.

Sy maag is warm onder my vingers. Sy oë hou myne dop soos ek na hom kyk. Van sy hare, oor sy oë tot by sy mond. Ek leun vorentoe en soen sy geamuseerde glimlag.

Ek soek na 'n woordeskat, sê ek, buite woordeboekwoorde.

wanneer sê mens: ek is lief vir jou. wat presies beteken dit as ek sê: ek hou van jou. en presies wanneer in 'n ver-houding mag mens dit sê?

en wie sê dit eerste, die man of die vrou; en wat as mens per ongeluk sê: ek het jou lief, maar jy sê dit bloot omdat jy dink dit beteken iets anders, iets heeltemal onskuldig?

Hy lag en hou my vas. Sy hande teen my rug. Hy draai ons om. Ek lê op my rug.

Dit, sê hy, en soen my mond, beteken ek hou van jou.

Dan gly hy teen my lyf af.

Ek hou nog steeds van jou. En wat ek nou gaan doen, sal jy selfs in Afrikaans verstaan, wat, soos jy weet, ek nie praat nie. Wat ek nou gaan doen, is by woorde verby.

Hy sit sy mond in die holte van my lyf.

*

'n Woord gaan lê in 'n sel. Onbeantwoorde woorde gaan sit in selle. 'n Woord herhaal herhaal herhaal homself in vele selle. Vele onbeantwoorde woorde word vele kwaad-aardige selle.

Hoe raak mens ontslae van vele selle. Jy kots dit uit tot niks meer oorbly nie.

*

Ek het langs die kind aan die slaap geraak en word in die middel van die nag wakker.

Die kind roer toe ek beweeg en gryp soos gewoonlik my oor vas al is hy vas aan die slaap. Ek wag geduldig tot sy asemhaling egalig raak, maak sy hand saggies los en skuif versigtig van die bed af.

Ek maak sy kamerdeur oop en laat dit oopstaan want ek weet hy sal in die vroeë oggendure by my kom inkruip.

Ek krul my op die rand van my bed op en weet ek gaan sukkel om weer te slaap.

Anders het siek geword en siek gebly. En toe is hy dood, sonder my.

Vergewe my hierdie lewe wat ek aan jou gee.

ek tel jou in my arms op ek dra jou lyk met my saam ek wys jou al die plekke waar ek oral was hier was my huis hier was my skool hier was my kerk hier was die see dáár was die grens

Kan jy dink hoe dit moet wees om so groot te word met grense oral om jou?

Jy weet natuurlik dis 'n spook met wie jy praat – een wat ook bekend is met grense?

Jy's nie 'n spook nie, jy's 'n lyk.

Onthou net 'n lyk word swaar om te dra, jy sal my een of ander tyd moet afgooi.

Dis nog nie tyd nie.

Wanneer is dit tyd?

Ek weet nog nie. Maar jy sal wegraak as dit tyd is.

En as ek moeg word?

Van saamstap, of moeg van my?

In lewe het ek nooit moeg geword van jou nie, jy weet dit nou, nè? En moenie weer jammer sê nie. Maar dis ook nie meer nodig nie, ek is dood.

Sal jy vir my wag as dit tyd is, sal jy die eerste een wees wat ek sien as ek my oë die eerste keer oopmaak, as dit my beurt is?

Sjuut, sê die spook, slaap nou eers, ek sal by jou bly.

*

Ek is negentien jaar oud, tweedejaar op universiteit. Dis 1985.

In een van die gange was daar 'n gesig teen die muur in rooi of swart gestencil, 'n gesig wat ek nie herken het nie.

Die buitelyne van 'n man van wie ek in vurige toesprake geleer het. Die gesig het nie gelyk soos iets waarvoor ek moes bang wees nie. Ek onthou die wangbene en die oë. Dit was die trekke van iemand agter 'n fyn, dun gordyn. So wasig soos die gordyn voor my herinneringe waardeur ek sukkel om te sien.

Die kampus word stil geslaan, gebom, geïntimideer.

Klasse word opgeskort. Ek stap skelm na dosente se kantore en kry my Duits-leeswerk en Linguistiek-werkblaaie. Dis op so 'n dag dat ek op die uitgebrande lesingsaal afkom.

Nou sit ek in die son op die trappe buite die B-Blok met die reuk van brand nog in my neus. Agter my rug, net binne die glasdeure van die B-Blok, is 'n swartverbrande lesingsaal.

Ek is saam met ander studente daar in, agter die nuuskierigheid aan. 'n Gewyde stilte. Almal staan en kyk. Die oorblyfsels van die uitgebrande klaskamer lyk soos 'n waarskuwing. Oppas julle is volgende.

Dosente en studente staan in stilte tussen afgekoelde roet en as. Ek wonder of hulle dink dat dit ek is, ek wonder of hulle weet van my pa.

Ek sit buite in die son en ek weet nie wat om te doen nie. Woorde kom in my kop op. Ek krap in my rugsak en kry my potlood en my klein skryfboekie.

*

Ek het besluit om Johannesburg te verlaat en ek moes inpak.

Noodgedwonge die talle papiere in plastieksakke en bokse uitpak wat in die ekstra kamer gebêre was, dit sorteer, weggooi of weer bêre. Ek het briewe ontdek wat ek liefs moes vergeet het. Foto's. Sy liefdesbriewe wat ek nooit verwerk het nie. En daar kry ek hulle toe weer, maande na sy kankerdood.

Maar ons het getrek. Daar was nie tyd vir treur nie.

Dit gebeur eers toe ons in Kaapstad aanland en ek soggens alleen in die nuwe, vreemde blyplek is. Toe kom die woorde in 'n stortvloed na my toe aan. Liefdesbriewe wat ek weggebêre het die oomblik toe dit in my posbus beland het. Ek het dit toe weggeweer uit my kop, min wetend dat

dié wegbêre die oorsaak sou wees van al my hospitaal-
besoeke, operasies, inspuitings in die komende jare.

Ek het dit alles voor ander deure gelê. Hoe lank kan mens
vir jouself kwaad bly en spieëlbeelde verwyt voor dit jou
inhaal.

En in Kaapstad peul foto's van reise lank gelede uit die
plastieksakke. En herinneringe holderstebolder uit my kop
soos 'n kas wat te lank toegedruk was. Met een ruk is dit
oop en al die gemors en vergeet spoel oor my lyf. Ek sukkel
om my kop op te lig, ek verdrink in verdriet.

My tong knoop in gewone gesprekke, die woorde haak
in my mond vas, ek kry dit nie uitgespoeg nie. Ek kyk die
foto's in die oë, ek lees sy briewe.

hoekom skryf jy nie hoekom antwoord jy nie my briewe
nie ek hou my arms nou al maande lank uitgestrek hoe lank
nog ek sal nie hoop opgee nie

Die man is dood, hy praat uit sy graf uit. Ek hoor sy
stem as ek opstaan en weet dit sal die hele dag so wees.

Ek het nie eens geweet ek het dié foto nie. Dit het gereën,
die pad is nat. Ek het die foto van oorkant die straat geneem.
Die foto van die fasade. Hy het net die voorkant behou, die
res het hy later alles self gebou.

Die briewe lê onder in my handsak, toegevou in 'n pamflet oor die Weskus wat ek onlangs in Canal Walk gekry het. Wanneer laas het ek hulle gelees. Elke keer as ek my handsak oopmaak om die iPad uit te haal, of my selfoon of my sleutels, sien ek die rugkant van die pamflet begin kreukel, en skif en skeur. En wat van jou briewe? Nou is ek bang hulle sal skeur terwyl hulle onder in my handsak lê en dan het ek niks meer van jou oor nie.

Maar dit duur nog 'n tydjie voor ek die moed het. Ek vat een van die kind se plastiekomslae wat ek gekoop het sodat hy sy notas en kennisgewings van die skool af daarin kan bêre. Die stuk plastiek gly uit my hand en seil teen die rand van die rusbank af tot op die vloer. Ek sug en buk vooroor. Is dit 'n teken? Verwerping? Hoekom hoor ek 'n stem lag?

'n Foto sit vas aan die agterkant van Anders se pa se begrafnisbrief wat hy vir my gestuur het, Augustus 1997. Het die kanker toe begin terugkom?

Of reeds vroeër, Anders, toe ek nie teruggeskryf en teruggegaan het nie? Latent geskuil. Die foto van jou met die Luther-kasteel in die agtergrond. Jou figuur in donker geklee, klein in die middel van die foto met die massiewe geboue daaragter, met jou rug na my toe. Asof jy begin wegraak.

Ek druk die hele pak binne-in die plastiek in. Dit voel asof dit ek is wat tussen die blaaie lê, hoe gaan ek asem kry?

Dan draai ek nog 'n rekkie ook om, die een wat vanoggend om die koerant was wat voor die deur gelê het.

So ja, waarheen nou met julle? Terug in die handsak. Want waar sal ek julle in die woonstel wegsteek? Ek is bang ek gaan vergeet.

Ek was reeds amper op pad terug Suid-Afrika toe.

Toe eers het hy my vertel dat hy 'n huis gekoop het en dit gaan ombou. Na sy smaak restoureer. Die plek waar hy gewoon het in Bachstraße word teruggevat want die hele omgewing daar gaan omskep word in parkeerterreine en nuwe universiteitsgeboue. Die toring wat mens van ver af kan sien, gaan ook in iets anders verander word. Dalk 'n inkopiesentrum, word bespiegel.

Hy het vroeg reeds geweet hy sal moet uit. Sy vrou – sy eksvrou, korrigeer hy homself – sy het hom gehelp met geld. Vir die finansiering. Sy woon in die Weste, sy het 'n besigheid daar opgebou, sy kan dit bekostig. Sy wil dit graag doen, voeg Anders by.

Hy praat sag. Vriendelik. Schonend. Omdat hy weet dat dit wat hy sê, my dalk sal kan seermaak. Omdat hy vermoed?

Ek voel hoe my lyf van hom begin weghel.

En toe neem Anders my soontoe. Net voor ek moet vlieg. Ons stap sommer, vat kortpad, al met die slingerpaadjies tussen die bousels van die nuwe universiteitsgeboue. Anders se nuwe huis is toegekamp agter groot ysterhekke, 'n bou-perseel. Die buitekant van die gebou het gestaan, die binne-kant reeds weggegrou soos 'n lyf sonder ingewande.

Ek het oorkant die straat gaan staan en 'n foto geneem van die fasade. Die Fachwerk aan die voorkant het gewag vir 'n muur om dit te stut.

*

Ek kan net 'n goeie ma wees as ek die ruimte het om stil te wees. Ek is telkens bly oor die groot uittog uit die stad. Die strate van Johannesburg bly leeg agter. Dag na dag is dit net ek en my gedagtes. By die werk is die atmosfeer gedemp, daar is min nuus. En joernaliste is dankbaar vir elke groot ongeluk en groot dood wat die bladsye vol maak. Laat namiddag kom ek by die huis in Auckland Park aan. Die hek gaan oop, ek druk die knoppie om die alarm te deaktiveer voor ek inry. Die hek gaan toe agter my. Nou is ek veilig want ek weet ek is alleen. Maar om te sorg dat dit so bly, sit ek ook 'n slot aan die hek, 'n ekstra maatreël. Ek haal my handsak en inkopies uit die motor, sluit en aktiveer die motoralarm voor ek by die huis ingaan. Daar is 'n hek en deur wat oop- en weer toegesluit moet word. Dan is daar 'n lang gang verby die slaapkamers tot by die kombuis en leefarea. Ek pak die inkopiesakke uit.

Dan maak ek tee en gaan staan op die houtdek wat oor die tuin uitkyk. Ek haal diep asem.

*

My pa was een komma nege meter lank hy het swart hare gehad en bruin oë. Sy bloedgroep was O positief. So staan dit vandag nog op sy groen weermagkaart, heel bo in sy beursie. Ek bewaar sy swart beursie in die boonste laai van my skryftafel.

My oudste broer skryf hy onthou 'n foto van my pa destyds, baie lank gelede, hy het so 'n blouerige uniform gedra, met die korporaaltekens, die twee V-vormige strepe soos tyre-tracks oor die boarm.

*

In die ou dae was daar 'n bekende hotel in Kusweg in die Strand. Die Metropole.

Maar ons gaan agterom. Ek en my broers. As dit skoolvakansie is en ons loop in die dorp rond om die tyd om te kry. Een van ons stap deur die nou gangetjie na die kombuisdeur. Die ander wag in die straat. Ons loer in en iemand sien ons. Hulle ken ons. Hulle weet ons is John wat saam met hulle werk, se broer se dogter se kinders. Gaan wag solank buite, ons sal hom sê julle is hier, sê iemand saggies oor die onderdeur.

Soms wag ons baie lank. Uncle is 'n kelner. Hy bedien kos aan die mense wat daar mag eet. En wanneer hy kan, miskien in sy eie teetyd of etenstyd, bring hy 'n bord met iets vir ons. En bly eers 'n rukkie rustig met sy kenmerkende glimlag by ons staan terwyl ons weglê. Pampoenkoekies soet onder die suiker. Oorskietvleis. Dalk ook aartappels. Daarna neem hy die leë bord binnetoe en waai vir ons by die agterdeur. So long, roep hy in sy Oos-Kaapse Engels. Uncle is grys en loop altyd regop.

Ons stap verkwik die lang pad terug huis toe.

*

Dit was op 'n dag in Junie, 'n Sondag. Ek dink oor en oor aan daardie eerste nag.

Anders het sy kollegas van die skool genooi om by sy huis te kom eet.

Ja, het ek by die werk gesê, gee my jou adres, ek sal die huis kry. Dit sou in die namiddag wees, daar het genoeg busse geloop tussen Lobeda-Ost waar ek gewoon het en die middestad waar sy huis was.

Ek het maklik genoeg daar gekom. Al die busse stop in Löbdergraben. Ek het op die kaart gesien ek hoef net verby die bank en die toring te stap tot by Bachstraße.

Dis 'n rustige, kort straat, nie veel lewe buite nie, asof almal binne besig was of glad nie tuis nie, iewers anders besig met belangrike dinge.

Verby 'n reisburo, die deure toe op die Sondag. 'n Klein restaurant, paar stoele op die sypaadjie, ek voel selfbewus oor die oë toe ek vlak by hulle verbystap. Was ek vroeg, die heel eerste een wat by nommer 21 die klokkie sou lui? En het ek blomme saamgeneem, proteas uit my land wat by blommewinkels verkoop word, of wyn? Ja, ek het vroeër daardie week Suid-Afrikaanse wyn by die wynwinkel gaan soek en gekry.

Daar is 'n klokkie wat jy druk, dit lui iewers binne en dan wag jy. Jy hoor hoe maak hy van binne af oop en in die sekondes wat in die lug hang, wéét jy nog nie dat jy van toe af nie weer van hom sal wil weggaan nie, dat jy op daardie 16de dag van Junie die laaste van die gaste sou wees wat bly, en twaalf ure lank sou bly.

Al die toe deure en geslote gesigte wat die eerste maande in oosduisterland 'n moeisame tog gemaak het, is in hier-die paar sekondes ongedaan gemaak.

Die deur het oopgegaan. Hy was daar, freundlich lächelnd.

Sy mond in 'n ewige glimlag soos almal hom geken het. Blonde krulhare oor die skouers.

Ek het ingegaan terwyl hy die deur oophou en nooit weer uitgekom nie, al is die gebou lank reeds afgebreek, al is ek nie die een wat nou dood is nie.

Waaroor het ons gepraat. Hallo, hoe gaan dit. Kom binne, het jy die plek maklik gekry. Ja, ek was nog nooit voorheen in hierdie straat nie. Dis mooi hier, rustig, al is dit so naby die middestad.

In die tuin was 'n tafel met wit tuinstoele.

Ek het hom gehelp om borde en goed uit die huis ondertoe te bring vir die braai. Grillen, sê hulle. Worsies en vars broodrolletjies. Slaai. Glase.

Ek het gedink daar sou 'n mevrou uit die huis verskyn. Woon jy alleen, het ek hom gevra en verras geluister hoe hy sê: Ja.

*

as mens by 'n uitgebrande lesingsaal instap en die reuk van afgekoelde roet jare daarna steeds in jou neus bly sit. as mens staan en kyk en waarneem en inneem en wonder of dit geoorloof is om om te draai en uit te stap. as jy tog uitstap terwyl ander instap. as jou bene jou tot buite dra en jy skrik as jy sien die son skyn. as jy op die trappe gaan sit en jou potlood en papier uithaal en woorde uit jou hand vloei oor die een vir wie jy nie kan waag om te sê wie en wat jy is nie. want die klank van wie jou pa is kleef ook aan jou vas. jou vrees vir jou eie woorde. dit kan dalk net uitglip. my pa is 'n offisier in die weermag.

as mens wegdraai van bomme af en skryf oor iets so makaber soos ek mis jou. is dit skryf? en wanneer sal dié tyd verby wees?

*

Ons is twee studente wat by Karina in haar kantoor sit. Buite is die son warm. Die venster is halfoop om vars lug in te laat en halftoe om die geraas van die massavergadering wat in die groot saal gehou word, te demp. Die geure van die kruietuin wurm by die venster in.

Ek kyk by die venster uit. Karina het my 'n vraag gevra en wag nou dat ek iets sê. Woorde begin in my binneste vorm, ek kry dit nie uit nie. Sy probeer om iets uit my te trek. Ek is te moeg om te praat.

Hoekom kan jy nie praat nie? Wat is dit wat jy wil sê? Sagen Sie doch etwas! Sê tog asseblief net iets!

Ek kyk haar in die oë en wag saam met haar asof sy met iemand anders praat wat binne-in my is. Ek swyg.

Karina kyk vir Daniele. Miskien kan sy dit regkry.

Daniele kyk net vlugtig na my want sy weet ek sal nie praat as ek nie kan nie, sy ken my so.

Karina sug. Sy kyk na die papiere op haar lessenaar. Dan tel sy die studentekoerant op en druk met haar vinger op een van my gedigte.

Aber schreiben können Sie!

Ek kyk op soos iemand wat wakker word. Hoekom klink die woorde asof niemand dit nog ooit vir my gesê het nie?

*

Ek hoor niks van sy suster of sy ma na my laaste brief aan hulle nie. Dalk glo hulle my nie. Dalk wonder hulle ook.

Watter vrae vra mens 'n sterwende?

Is daar op hierdie aarde nog iemand wat ons moet laat weet van jou? Is daar iemand wat jy nog sal wil groet?

Of glo hulle my wel, lê hulle ook sy teruggekeerde kanker voor die deur van my weggaan?

*

Ek sit by die kind se skool se karnaval en kyk hoe hy stoksielalleen aan lawwe speletjies deelneem sonder maatjies, hullewilniemetmyspeelnie.

In die kakofonie van spookasem en pretritte, boereworsrolletjies, tjello's en viole tref dit my. Dit was sy wraak.

nee, daar is niemand meer wat hoef te weet nie.

Ek kan op niks aanspraak maak nie, nie eens op treur en weemoed oor sy dood nie.

Die kind kom terug van sy omswerwinge met 'n skoenlapper op die gesig geverf. Die swart lyfie lê tussen die oë, die vlerke knus oor sy wange gedrapeer.

Ek gee vir hom geld vir spookasem.

Ek sit en kyk na die spikkelskadu op die gras, die sonlig beur deur die blare.

Is jy nou daar waar waters en rus is?

In die nag toe die kind reeds slaap, dwaal ek deur die beknopte woonstel. My gedagtes hou my wakker.

Dis my straf, dié wete. Ek sal nooit weer saans kan slaap nie.

*

Dit gaan 'n warm dag wees, sê die radio. Ek het vroeg genoeg wakker geword om pap op die stoof te laat prut voor die kind moet opstaan.

Ek besluit om 'n kortmourok aan te trek, dis 'n lang rit stad toe en terug en dan weer vanmiddag as ek die kind moet gaan haal.

In die badkamer tap ek water in die bad, hou die waslap

oor die water wat uit die kraan loop om die klank te demp want die kind slaap nog.

Daar is ook 'n stort, maar ek verkies om in die bad te sit as ek my bene skeer. Eers was ek my lyf sodat ek laaste kan skeer en die hare saam met die badwater laat uitloop.

Eers skeerseep aansmeer, veral die voorste deel van die bene, want dis waar die hare die dikste groei. Die skeerjel voel koel teen my vel. Ek neem 'n nuwe skeermes uit die pakkie. Eers die een been, dan die ander een. Dan onder die arms.

Op my arms begin die hare al dikker lê. Ek smeer van die jel eers op die linkerarm, skep bietjie water by om skuim te vorm. Ek kan amper nie meer onthou hoe die hare op my arms gelyk het toe ek nog op skool was nie, die donker hare in 'n dun waterval langs die kante van my arms af. Die kinders het my gespot en ek het 'n trui gaan aantrek. Ek kry koud, was my verskoning. Dit het later waar geword. Ek het altyd koud gekry.

Ek hoor die kind wakker word. Hy maak gewoonlik 'n huilgeluidjie net voor sy oë heeltemal oop is.

Ek werk vinnig met die skeermes, skeer die hare van die bokant na die onderkant van die arm, vinnig, sekuur. Ek is dit mos al gewoond.

*

Ons lees *Der kaukasische Kreidekreis* saam met Friedrich.

Brecht put uit stokou verhale om nuwe stories te vertel, sê die dosent.

daar is altyd oorloë. daar sal altyd mense wees wie se lewens deur oorloë geraak word. ouers en hulle kinders. die verwydering weens oorlog. die vlug, die verstekeling. die twee wat moet toutrek om te sien wie is die ware moeder. die een wat die kind se arm los om te keer dat hy verskeur word.

*

Die N1 stuit vanoggend reeds by Plattekloof.

Ons gaan vandag weer teen 'n slakkepas tot in Kaapstad sukkel. Nou is dit darem nog vierde rat en 60 km per uur. Ek kyk vlugtig in die truspieël. Die kind kyk by die venster uit. Kwart oor ses op 'n Maandagoggend en hy het reeds sy skooluniform aan, het sy pap geëet en is op pad skool toe wat eers om kwart voor agt begin.

In Johannesburg was dit anders, met alles wat in Auckland Park gebeur het: huis, werk, skool.

Voor my begin die rooi remligte aangaan, al die voertuie in al drie bane s'n gelyk. Ek verwissel na derde rat, dan tweede. Die verkeer begin stadigaan tot stilstand kom. Die volgende afrit lê voor. Waar nóg verkeerslange wag om ook by die pad na Kaapstad aan te sluit.

Hoe ver nog? Wanneer is ons daar?

Die kind is nog klein. Na drie gelukkige jare in 'n klein skool waar tot die skoolhoof elkeen by die naam geken het, val die ontworteling nog swaar. Die trauma van trek sit nog duidelik in die verskrikte oë, die ongelukkigheid oor die lang pad wat soggens afgelê moet word.

Kom ons kyk, sê ek en probeer sy oë in die spieël vang. Hierdie week is mos 'n eksperiment, kom ons kyk of dit vanoggend vinniger gaan.

Okay, sê die kind gelate.

Hoekom is ons hier? Ek verlang na my huis en my tuin. Die stoep in die son in die middag, waar die kind sy eerste treë gegee het, die koel hoekie in die agtertuin.

Johannesburg. Almal weet wat dié naam inhou. Of jy daar gewoon het of nie. Jy weet van die geweld die misdaad die meedoënloosheid die grint. Maar nie almal ken die kwesbaarheid wat Johannesburg soms in die holte van sy hand hou nie. Sy lankmoedigheid. Verdraagsaamheid.

*

Tydsaam haal my pa die avokado uit die plastieksakkie, takseer dit met sy oë, rol dit in sy hand op soek na die regte plekkie om deur te sny. Hy neurie terwyl hy die mes in die sagte vleis indruk, rol die avo in sy hand al saam met

127

die sny van die mes. En so ongemerk is die vrug in die helfte deurgesny.

My pa smeer die avokado soos grondboontjiebotter op sy brood. Bietjie sout. Bietjie peper.

Het hy dit so gedoen omdat hy dit by sy pa gesien het en doen ek dit so bloot omdat ek dit by my pa gesien het? Eet ek avokado op brood uit heimwee?

Hoe leef mens as jy heeltyd navigeer tussen wat jy weet, wat jy gesien het, wat jy presies net so wil doen soos jou pa of presies nié so nie.

*

Jena 1996. Ek kom skool toe gewapen met 'n praatjie oor Suid-Afrika, vir die graad 11's se Engels-periode. 'n Informele gesprek oor die geskiedenis van my land, twee periodes van ongeveer 'n uur altesaam. Eintlik nog korter as beplan, want die periodes word vandag verkort, dis 30 grade buite, en die skool kom vroeër uit omdat dit glo so geweldig warm buite is. Hitzefrei. So sê Markus toe ek hom in die personeelkamer raakloop waar hy vir my wag.

Wat? Dis maar net 30 grade! Schön warm, sê ek.

Nee, gil hy amper en maak sy boonste hempsknoop los. Es ist viel zu heiß!

Die klok lui en ons stap na sy klas toe.

So, is jy gereed? vra Markus.

Ja. Dis net bietjie moeilik om te besluit wat om alles te vertel in so 'n kort tydjie, so ek het besluit om eerder op my eie geskiedenis te fokus. Suid-Afrika in die konteks van my eie lewe, my eie familie se verlede en so.

Wel, sê Markus, ek sien uit daarna om vandag uiteindelik die waarheid te hoor oor die Anglo-Boereoorlog.

Ek gaan staan in my spore.

Hoe gaan ek myself verklaar. Ek is nie deel van hierdie geskiedenis nie, my geskiedenis is die gevolg hiervan. So, waaraan dink ek as ek aan my land dink? En waaraan dink ander mense as hulle die naam "Suid-Afrika" hoor? Ons interpretasies kom vanuit verskillende hoeke en iewers in die middel kruis hulle mekaar.

In my weergawe van my geskiedenis is ek in die middel van die storie saam met my ouers en my familie wat ek van foto's af ken. In vele ander se idee van die geskiedenis van Suid-Afrika is ek uitgesluit.

Ek kom in die klas en verduidelik dit so. Aan hulle. En aan myself. Hulle praat nie teë nie, want vir hulle is ek nuut. Die jonges luister met oop, ontvanklike oë. Ek is eksoties want ek is anders as hulle. Ek kom van 'n land ver van hier.

die ou geskiedenisvertellers lieg die waarheid en die nuwe heersers is nie veel beter nie

Algaande, soos die jaar 1996 verbygaan, hoor ek soms hoe my naam uitgeroep word in die besige strate van die middestad van Jena. Ek kyk rond. My oë verdwaal in 'n see van amorfe gesigte. Tot die stem uit die groep uit tree tot by my en ek op die oë en laggende mond kan fokus. Dan word die ouers nader getrek en ek word voorgestel. Dit is die onderwyseres uit Afrika.

*

In die jaar toe ek matriek geskryf het, was my pa twee keer grens toe. Die tweede keer het hy net betyds vir my eindeksamen teruggekeer. My pa het met leë oë van die grens af gekom. Wat sou sy oë vir my wou sê? ek was in Angola ek het operasies uitgevoer in Angola ek en my makkers was in Angola ver oor die grens

Elke oggend het hy my met sy kombi skool toe geneem. Ek het 'n knop op my maag gekry.

Die dag toe hy die laaste keer van die grens af teruggekom het, het hy van iewers langs die pad huis toe gebel. Ek het buite by die hekkie gaan staan en vir hom gewag. Soos op 'n doodstyding, het ek agterna gedink. Ek het 'n kombers gaan haal en om my lyf gedraai. Toe hy uit die voertuig klim, uitbundig lag en na my kyk met 'n onsiende uitdrukking, het ek geweet hy is vir altyd weg.

Soos my pa se woede al erger en erger en vir ons al hoe onverstaanbaarder geword het, so het die land al vinniger op 'n afgrond afgestuur.

Eers later, toe ons al almal groot was, het ek in tydskrifte en boeke gelees dat mans wat op die grens was, "bossies" terugkeer.

Maar nie een van ons het dit toe geweet nie. Want my pa was nie 'n jong wit seun wat grens toe gestuur is vir volk en vaderland nie. Hy was nie een van ons manne op die grens nie.

*

'n skoenlapper sprei sy vlerke. en nog een en nog een. 'n sneeustorm van fyn wit vlerke. hulle vlieg hul te pletter teen blink vensters betonmure motordeure hoë heinings. skoenlappers sneeu op groen gras tussen boomtakke deur in blomblare. wit vlerke migreer deur my tuin.

Blank, blank gelede

en dan in die tyd wanneer ons reeds verdrink het en julle kop bo water kan hou, in die tyd wanneer mens net mens sal wees, dink aan ons met erbarming

'n Gewaarwording. 'n Luimering. Ek maak my oë oop.

Wo bist du? Waar is jy?

Ek sien sy hare.

Wat doen jy? Sy gesig is weggesteek tussen my bene. Ek sien die blonde krulle.

Ek hoor hom kreun. Dan spoel branders deur my lyf, ek voel dit aankom sagte warm rimpelinge asof sy hele wese saam met sy tong in die middel van my lyf gaan sit het.

Dan kyk hy op, en kruip met sy lyf bo-oor my, sy oë steeds op myne, sy mond op pad na myne. Vanselfsprekend. Maar my neus kreukel en ek draai my kop weg.

Hoekom doen jy dit, dis tog hoe jy smaak, my lief, en ek hou daarvan.

Maar ek hou my gesig weg van hom gedraai en hy laat nie los nie.

Ons val in 'n diep slaap.

*

My pa het sy byl uit die garage gaan haal en agter op die bakkie gegooi. Dan het ons geweet dit is nou Kersfees. Ons het gery tot in die woud by Sir Lowry's Pas waar hy gereeld gaan draf. Daar het ons tydsaam en stry-stry die mooiste boom uitgesoek. My pa het vir ons 'n Kersboom afgekap en agter op die bakkie vasgemaak. Ons sit in die geur van denne en pitjiebolle en hou elkeen aan 'n tak vas. Die naalde krap teen ons bene. Ek hou 'n dennebol in die palm van my hand.

*

kan ek na jou toe kom my hande onder jou lyf sit en jou optel sal jy my vashou kan ek wegloop met jou na daar waar jy nou is kan ek saamkom kan ek by jou bly kan ek by jou woorde bly kan ek op my spore teruggaan en my woorde wegvee kan ek nou by jou bly

*

die man in Johannesburg het nie 'n naam nie. dis beter so. hy bestaan net in 'n verbeelding.

*

Anders se amper-laaste brief is geskryf in al die tale wat hy ken. Ek kan net die Engels en die Duits lees. Die ingewikkelde Russies in Cyrilliese skrif kan ek selfs nie in Google invoer vir 'n verklaring nie.

Hy skryf Russies en Engels aan die begin en einde van die brief asof die twee vreemde tale sy moedertaal omarm en die boodskap lê tussen hierdie reëls verskuil.

Twee vreemde tale. Een wat in sy keel afgedruk is en waarop hy sy rug gedraai het ten gunste van die ander vreemde taal waarheen hy nie kon reis nie.

13.8.97

Is there any language on earth that causes you to write back? Was ist nun also mit Dir? Was ist mit uns? Wat gaan aan met jou? Wat word nou van ons?

En 'n nagedagte in groen net voor hy ook die adres in groen op die koevert skryf:

P.S. Eigentlich bin ich zur Hilflosigkeit verurteilt, und das macht mich traurig. Ich denke oft an Dich. Ek voel hulpeloos en dit maak my hartseer. Ek dink die hele tyd aan jou.
Anders

*

Dis my laaste aand in Jena. Die tyd om huis toe te gaan, het aangebreek. My tasse staan aan die onderpunt van die trap in sy huis. Die jaar is verby. Ek weet ek moet gaan.

Anders is reeds ondertoe om die deur oop te sluit.

Ek kyk 'n laaste keer rond.

Dan hoor ek hom roep. Valda!

Ja? sê ek, asof ek nie weet nie.

Kom, ons moet nou gaan, jy gaan die trein verpas.

Ek huiwer nog 'n oomblik.

Dis nag. Ons is in die motor op pad na Weimar. Daar sal ek die trein kry, wat my na Frankfurt sal neem vir die laaste vlug. Ek het vir hom gewag om iets te sê. 'n Belofte. 'n Hartroerende afskeid soos in 'n storie. Niks. Ek het nie geweet hoe hy voel nie, hy het nie gesê nie.

Twaalf uur in die vliegtuig op pad Kaap toe, in die lugruim bokant die kontinent waar ek vandaan kom, met vrae wat deur my kop maal.

toe hy my vertel van die nuwe huis wat hy gekoop het en sal moet restoureer, wat het my gepla? sy eksvrou. sy nuwe huis was soos 'n nuwe speelding. ek het nie geweet of hy my in die huis sien nie. al het hy my die plek gaan wys. hy het van sy planne met die huis vertel asof ek net 'n klankbord was. ek gaan mos alleen in hierdie huis woon.

die vraag wat ek hom gevra het, reg aan die begin

hoekom is jy alleen?

sy is weg, het hy gesê, net na die Wende, sak en pak soos
vele ander. bevrees dat die poorte weer sou toegaan. bang
dat dié nuwe, onverwagse vryheid van korte duur sou wees.

hoekom het jy nie saamgegaan of agterna gegaan of haar
gaan haal nie?

hy skuld my nog 'n antwoord

*

Daar was 'n tyd, 'n oomblik toe ek baie klein was, dat ek in
my pa se oë gekyk en hom volkome verstaan het. En al die
tyd daarna, tot vandag toe, skryf ek na dié oomblik terug.

Ek vat my pa se hand en ek gaan deur die dal van dood-
skaduwee: hier is my lewer. hiér is my hart.

*

Woorde word afgeskiet. Woorde hou tyd. Woorde val in
plek soos in 'n opmars. Woorde knars soos die sole van
soldatestewels.

Links regs links regs, seil my pa se bevele oor die parade-
grond.

Soldat Soldat in grauer Norm, Soldat Soldat in Uniform

soldate in 'n grys eenvormigheid

So sing Wolf Biermann in die video wat Friedrich vir ons wys. In die middel van die tagtigs in die middel van die struggle in die middel van die noodtoestand op die kampus.

Alle soldate oral is dieselfde, of hul lewend is of dood. So sing Biermann op die maat van 'n mars.

Soldat Soldat ihr seid so viel, Soldat Soldat das ist kein Spiel

Soldaat-soldaat is nie kinderspeletjies nie, maan hy.

*

Ek ry van die skool af na die koffieplek in Vredehoek waar die swart hond elke oggend rondhardloop en ek slaan twee filterkoffies weg. Ek lees niksseggende Facebook-inskrywings. Ek wag tot ek die moed het om sy suster se antwoord op my e-pos te lees. Ek vrees dit sal die einde beteken van 'n toenadering, en sy sal reg wees met wat sy ook al sê. Dis in elk geval te laat. Die tyd toe ek iets moes gedoen het, gesê het, was lank voor sy dood. Ek is bang sy sal my weg-stuur. As ek hulle was, sou ek my ook nie vertrou nie.

Kan ek jou terugkoop uit die hemel? Hoeveel woorde vir 'n engel.

*

Soms tel ons pitjiebolle in die bos op terwyl my pa gaan draf. Ons kies dié waarvan die pitte amper begin uitval. Ons buk en tel op, buk en tel op. Ons soek die mooistes uit. Ek hou 'n handgranaat in my hand. By die huis gaan sit my broers en ek op die stoep en pik die pitjies met ons vingers uit. Ons kry 'n stewige klip en maak beurte om die pitte oop te kap. Binne is 'n langwerpige wit lekkerte. Ons kou terwyl ons kap. As mens hard gewerk het, kon jy 'n hele piering vol maak vir elkeen om aan te peusel as ons saans voor die TV sit of op die bed lê en lees.

*

ek was nie 'n heldin nie ek was nie in die struggle nie ek is nie gemartel nie ek is nie verban nie ek het nie gely vir my land nie ek het nie baklei nie ek is nie in die tronk gegooi nie

    moenie in my keel afklim en my derms uitmekaar skop nie, sê my pa

*

Weimar is 'n katspoegie van Jena af. Mens kom maklik daar uit met die trein. Ek en Mariana en Armanda skryf pos-kaarte oor en weer om 'n afspraak te maak. Dis 'n moei-same en omslagtige proses omdat telefone nog grootliks afwesig is. Nie een van ons het 'n telefoon in ons blyplek nie. Ons het almal toegang tot 'n foon by ons skole, maar dan moet mens slim en fyn navigeer tussen periodes en pouses en ander verpligtinge.

Ek en Mariana kom onderskeidelik uit Jena en Leipzig by Armanda in Weimar aan. Sy wag geduldig op die stasie tot ons albei aangekom het.

Armanda het 'n ruim en helder woonstel, maar daarvoor betaal sy ook meer as ek en Mariana vir ons plekkies. Ons sit en skinder oor die skole en die kollegas. Eintlik leer ons nie soveel soos ons gedink het nie, sê ons. Die kollegas hier in die nuwe Bundesländer sukkel nog self om by die skool- stelsel aan te pas, sê Mariana. Van haar word verwag om sommige leerkragte se Spaans-klasse oor te neem. Sy moet self onderrig gee en het min tyd om haar eie Duits te ver- beter, die eintlike rede vir ons besoek hier. Armanda voel dieselfde. Maar van die kollegas meen dis geregverdig, sê Mariana, want dis tog hulle Bundesland wat betaal vir ons verblyf hier in Duitsland.

Ons het al drie ondervinding van Wes-Duitsland en voel nou die oorgang van die ou Oos-Duitsland aan ons eie lyf.

Maar dit is nou eers 1996, die land is nog nuut en al die veranderinge soms oorweldigend, veral vir die ouer geslag.

Met my aankoms in Jena neem dit 'n tydjie vir my om gewoond te raak aan die fasade van die dorp met sy Oos-Duitsheid, na ek so bekend was met Wes-Duitse stede. Maar na 'n paar weke toe die reklameborde begin oorneem, word ek bewus van 'n irritasie, asof dit mý plek is. En saam met die inwoners spreek ek my verontwaardiging uit aan Ute se etenstafel toe ons verneem wat die blink nuwe inkopie-sentrum genoem gaan word. Goethe Galerie.

Goethe draai seker in sy graf om, sê ons vir mekaar.

*

Ek klim versigtig oor Anders se voete om hom nie wakker te maak nie. Want ek weet, sou ek hom selfs per ongeluk aanraak, sal sy oë oopgaan en sy hande sal my nader trek om by hom te bly. Ek glip onder die gordyn uit wat die bed van die res van die huis skei. Al is daar niemand anders in die huis nie, skuif ons tog die gordyn toe as ons saans gaan slaap sodat ons alleen op die aarde kan wees, net twee mense op mekaar aangewese.

Ek gaan sit op die rusbank waar die voetkombersie op my wag. Ek sit in die nag met my voete onder my ingevou.

Dan is hy daar. Ek voel hom aan nog voor hy begin praat. Is iets verkeerd? Hoekom sit jy hier?

Ek glimlag want ek het geweet dis presies wat hy sou sê.

Sjuut, sê ek. Die huis slaap.

Ek wil die nag uitstel dat dit langer kan hou.

*

Ons sit by 'n militêre byeenkoms. 'n Jong wit man wil-wil by my pa verbystap, toe vang sy oog die rang op my pa se skouers. Skielik staan hy so stil en regop soos 'n meerkat, lig sy regterhand en salueer my pa. Kaptein. My pa erken die saluut, die ewige frons tussen sy oë.

*

Ek streel my soos jy dit sou gedoen het. Ek sit my vinger in my mond soos jy jou mond agterna in my mond gesit het, verbaas toe ek 'n gesig trek vir die soutsmaak in my lyf. Dis tog jóúne, dis hoe jy smaak, my lief, en ek hóú daarvan.

Ek hou daarvan om jou te proe, het jy gesê.

Een mond en nog 'n mond, die een teen die ander, die een in die ander.

Toe het jy net geheimsinnig geglimlag en weer afgegly teen my lyf, oor my maag voel ek jou neus, jou mond. Jy stop vir 'n wyle net onderkant my naeltjie. Dan sink jy ver-der weg in my.

*

Ek skryf vir een van my broers wat na Nieu-Seeland uit-
gewyk het. Ek kan nie meer ons pa se sêgoed onthou nie.
My broer skryf in 'n e-pos terug: kom sit, kyk die nuus en
word wys! lol

*

Kan ek in jou vlug?

ek lê met my mond op jou maag. dan gaan ek in, ek duik
onderwater. ek soek die plek wat jou siek gemaak het. daar
is die plek op die pad na jou maag wat na die operasie nie
weer wou toegaan nie. ek sit my vinger in my mond, ek
smeer my spoeg aan die wond. kyk, die oop wond gaan
toe. ek swem boontoe. ek lê bo-op jou. ek maak my oë toe
ek slaap op jou maag

*

'n Seminaar word gehou vir onderwysers en soldate in Nor-
mannenstraße, Berlyn, in die tweede week van Oktober
1996. Die voormalige hoofkwartier van die Stasi. Ek word
opgeneem in die groep onderwysers.

Voormalige deelnemers aan die stelsel doen die Führung;
hulle lei ons rond, ons stap agter ons neuse aan.

Die man sê: so-en-soveel mense het in dié tyd die DDR
verlaat voor die wette te streng geword het, voor die Muur

verrys het en hier is 'n lys van die lande waarheen hulle ontsnap het.

Daar is baie plekke in die wêreld wat DDR-vlugtelinge ingeneem het. Hy noem 'n paar. Ek hoor net een naam. Südafrika.

My hand skiet in die lug op. Suid-Afrika is ver. Hoe het dié mense vir hul reise soontoe betaal?

Wel, sê hy, die regerings van daardie lande het vir alles betaal.

Alles?

Die reis daarheen, toelaag, behuising, onderwys.

Hoeveel het dit gekos? Hoeveel het dit vir Suid-Afrika gekos?

Hy het nie die syfers nie.

Ek laat nie los nie. maar in suid-afrika was dit apartheid daardie regering het teen sy eie mense gediskrimineer hy het hulle grond weggevat hulle geskiedenis weggevat hulle skole hulle geld. en dan het hy nog steeds nuwe mense in-gevoer? op eie onkoste?

hoe kon mense wat van ongeregtigheid wegvlug, gaan na 'n land waar hulle op die hande gedra word ten koste van soveel miljoene ander?

Ander hande skiet op met ander vrae. Ek trek my terug na die agterkant van die groep. Ek voel die koue van die plek waar ons staan, opgesluit in die woorde. kaserne. soldaten. stasi. nazi. politik. MfS. aufarbeitung.

Ek staan uit soos 'n seer vinger.

Ek kom platgeslaan weer in Jena aan na die week in Berlyn. In Jena staan die geboue lank en bleek styf teen mekaar. Hulle buig na mekaar toe om die koue af te weer. Ons het al alles gesien, waarsku hulle my. Ons sal nog baie lank hier kan bly.

Ek is bly om weer in Schlegelstraße te wees, by woonstelblok nommer 4. Plattenbau word die groot, eenderse blokke massabehuising genoem. Die Platte, sê die inwoners, asof liefderik. My woonstelsleutels lê diep onder in my rugsak waar dit veilig is, waar dit nie so maklik sal uitval nie. In die voorportaal sluit ek eers my posbus oop, steek my hand in. Ek voel iets. 'n Poskaart van die Strand. Die lang wit strand, die hoë woonstelblokke aan die oorkant van die straat. Blou berge. Ek sluit die deur oop wat na die hysers en die trappe lei. In die hysbak druk ek nommer 3. Die hysbak is oud en beweeg strammerig.

Hierdie blok nommer 4 waar meestal buitelandse studente woon, is die enigste een in die straat waar reeds met restourasie begin is, al is dit net die ou meubels wat deur nuwes vervang is en moderne dubbelvensters en nuwe deure in die woonstelle. So het die onderwysers by die skool waar ek werk, my trots vertel van hulle moeite om te sorg dat ek goeie onderdak kry.

Die gang is leeg toe ek uit die hysbak klim.

Ek sluit my deur oop. In die klein ingangsportaal trek ek my skoene uit en hang my baadjie aan die kapstok. Ek kry koud. Ek maak die binnedeur oop en gaan na die muur by die venster waar ek die Heizung vol oopdraai.

*

Voor Kersfees neem Anders my na sy ma-hulle toe. Hy bestuur aan die verkeerde kant van die pad, so terg hy my die hele tyd. Sy ouers woon in 'n klein dorpie buite Erfurt.

Damit du sehen kannst, wie ein normales Leben in der DDR aussah. Sodat ek kan sien hoe gewone mense in DDR-tye geleef het.

Hy het sy pa vooraf gebel, waarsku Anders. Terwyl ons verby ander verkeer spoed, verby klein dorpies, 'n Raststätte waar mense op die lang pad brandstof ingooi, bene rek en ietsie eet.

Hy het sy pa oor die telefoon vertel dat die vrou wat hy saam huis toe bring, nie wit is nie. Sie ist braun, Papa, het Anders vir sy pa gesê.

Is dit nodig dat hy dit vooraf moet weet? vra ek.

Anders het diep asemgehaal. Mein Vater war im Zweiten Weltkrieg, er war Soldat in Hitlers Krieg. My pa was 'n soldaat in die Tweede Wêreldoorlog, hy was 'n soldaat in Hitler se weermag.

Hy was 'n Nazi?

Hy knik sy kop. Ja. Maar my pa was nog baie jonk, soldate is gebreinspoel. En jy moet onthou, ons was afgesluit van die wêreld in die DDR, baie mense hier is nog nie gewoond aan mense wat anders as hulle is nie. Veral in so 'n klein dorpie soos die een waar ek grootgeword het.

Moet ek bang wees?

Nie terwyl ek by is nie.

Maar ek kan aan sy glimlag sien hy spot. Nee wat, sê Anders, daar het intussen baie water in die see geloop, by wyse van spreke. Tyd gaan verby, mense verander, tye verander, mense pas aan.

*

Die dag toe my oudste broer se fiets weggeraak het, was dit asof my pa geweet het wie dit was.

Dié dag het my pa vir my broer gesê: kom. Hulle het in sy kombi geklim.

My pa is reguit na die regte straat toe. My broer vertel hy het doodeenvoudig stadig die straat afgery en by 'n spesifieke huis voor die hek gaan stilhou en lank na die huis gestaar.

Asof hy dwarsdeur die mure en vensters en gordyne, verby die etenstafel en stoele en TV en om die hoeke tot binne-in die slaapkamers en badkamer en tot agter in die tuin kon sien. Dis al.

Hy het die voertuig weer aangeskakel en stadig wegge-trek.

Die volgende oggend was my broer se fiets terug, op sy plek agter in die jaart.

*

Anders se ouerhuis is oorkant die stasie, 'n regop witge-verfde huis. Ons staan in die voorportaal, besig om ons dik baadjies los te knoop en op te hang, toe die deur aan die bopunt van die trap oopgaan. 'n Lang man leun swaar op sy kierie. O, dis julle, ek wou sê ek hoor iets.

Anders swaai om en groet sy pa met 'n glimlag en 'n sagte stem. Ons stap die trappies op na hom toe.

Hy wag ons in aan die bopunt van die trap. Ek hou my hand uit. Aangename kennis. Sy oë is sag en vriendelik toe ons groet. Hulle staan albei tru en laat my vooruit stap. Anders en sy pa wissel 'n paar vinnige woorde.

Sie ist aber sehr schön, het sy pa vir hom gesê, vertel Anders later by die huis.

Sy ma is kort en rond soos sy pa lank en besadig is. Sy beweeg vinnig tussen die kombuisdeur en die kospotte op die stoof.

Ek en sy pa sit saam in die sitkamer by die venster wat op die straat afkyk. Die pa sit op 'n regop stoel by die eetkamertafel, hande rustig oormekaar gevou op sy kierie. Hy praat sag en vriendelik, luister geduldig hoe ek antwoord.

Hoeveel keer ek al in Duitsland was, die eerste keer im Osten, eerste kykie agter die eertydse Ystergordyn, hoe normaal almal is, ek voel nie bedreig hier nie. Net, aan die begin van die jaar was ek taamlik eensaam, koue wat ek nie gewoond was nie, op myself aangewese grotendeels. Hy knik simpatiek.

Anders kom vra of ek wil kom kyk hoe sy ma kosmaak.

Maar dan is jou pa alleen hier binne?

Toemaar, ek sal hier bly, gaan jy maar deur kombuis toe.

Die kombuis is knus en warm van die geure en die vrou wat kos voorberei. Sy lig die deksels een vir een op. Sy gooi meel op 'n bord uit en knie dit in bolletjies. Sy wys my hoe sy Knödel maak. Klöße, sê sy, is die woord wat sy verkies. Ek herken die dompelinge wat in ronde kombersies bo-op die vleis gaar word.

Terwyl haar hande hier vat en daar los, vertel sy. Ons

was van die min mense im Dorf wat blootgestel was aan vreemdelinge. Anders se suster het jare gelede haar Nederlandse vriend in Praag leer ken. Hulle het altyd daar ontmoet en saam vakansie gehou. Hulle twee is ook vandag hier, jy sal hulle later sien. Hulle kom hier eet.

Toe ons ry, staan die twee oumense buite en waai vir ons totsiens.

Ek draai in my sitplek om en kyk deur die agtervenster tot hulle verdwyn.

Jy het 'n goeie kindertyd gehad, Anders? Geborge. geliefd. beskermd.

Jaaa, sê hy skouerophalend. Normaal, dink ek, net soos al die ander mense hier rond. En jy?

Nee, die teenoorgestelde van alles wat ek by jou sien. Dit was ook normaal.

*

Die kerk en die skool en die see. Rondom Jerusalem is berge. Ek was uitgelewer aan my kindertyd.

*

Ek sit in Kaapstad en luister na Bertolt Brecht se stem op YouTube. *Wirklich, ich lebe in finsteren Zeiten.* Hy praat Duits met 'n Afrikaanse r, nie die gewone bry-r wat ek op universiteit aangeleer het nie.

*

Anders het die verskillende groepe mense in sy lewe in verskillende afdelings in sy kop gehou, skryf sy suster. Hulle het nie noodwendig van mekaar geweet nie.

Is daar op jou gespioeneer in die DDR? Het jy al jou Stasi-Akte gaan lees, jou lêer wat die staat destyds saamgestel het?

Nee.

Wil jy nie weet of iemand wat jy ken jou verraai het nie, of dink jy nie daaraan nie?

Hy bly stil.

Ek voel hoe hy wegraak van my af.

*

My pa het sy emosies in sy hande weggesteek. Hy druk sy arm in die kombuiskas. Hy maak 'n boog met sy arm. Die koppies en borde en pierings rinkel teen mekaar en stort protesterend oor die rand. Ons staan in 'n halfmaan in die kombuis. Hy het laat by die huis gekom en ons uit die bed gaan haal om die vertoning te kyk. Al die koppies wat nie val nie, ruk hy een vir een uit hul skuilplek, klem dit in sy hand vas en smyt dit stukkend teen die muur teen die vloer voor ons voete. Een van my broers draai gelate om en vat die besem wat teen die agterdeur leun. Hy begin alles bymekaarvee. Ek kry die skoppie. Ek word stiller en stiller.

*

Anders praat sag, behoedsaam, in die motor op pad van sy ouerhuis terug na Jena.

Jy het nou meer met my pa gepraat oor jou lewe in Suid-Afrika as wat jy in al die maande met my gepraat het. Ek het gedink dit sou vir jou moeilik wees in die lig van wat ek vroeër gesê het.

Dat jou pa 'n Nazi was? As ek na jou pa kyk, sien ek nie 'n Nazi nie. Buitendien, die oomblik toe ek hom sien, het ek jou woorde van vroeër vergeet. Hy is 'n mens, hy is jou pa, sy oë het al baie gesien, dit het hom sag gemaak. Ek mag verkeerd wees, ek ken hom nie soos jy hom ken nie. Een ding weet ek: ek was nie bang vir hom nie.

Die motor snel voort op die Autobahn. Anders bly 'n lang tyd stil.

En sê nou die bordjies was verhang, sê nou ons was almal in Suid-Afrika, sê nou ek en my familie was wit, Duits as jy wil, in Suid-Afrika? Wat dan? Sou jy steeds dieselfde voel?

Wit Suid-Afrikaners, selfs Duitsers wat in my land groot-geword het, is anders as julle. Hulle sal altyd anders wees, aandadig, al wil hulle dit nie weet nie. Ek hét al so met Duitsers in my land om 'n tafel gesit. Daar was 'n gesin in Bothasig, 'n voorstad buite Kaapstad, die vrou van die huis het vir my vriend gesê sy keur die verhouding nie goed nie, ons is glo nie van dieselfde kultuur nie. Die man was meer verdraagsaam, hy't vir ons koffie gemaak en ons het gesels. Wit Suid-Afrikaners kan nie die wandade van apartheid ont-duik nie. Duitsers wat in Suid-Afrika grootgeword het, wil dit graag ontken, tree op asof hulle dink hulle is nie so aan-dadig as ander wittes nie, maar dit sal altyd aan hulle kleef. Dis waarmee ons almal sal moet saamleef.

Anders hou my hande met sy een hand vas, sy oë op die pad. Hy streel met sy duim oor die rug van my hand. Hoe het dit gevoel om onder apartheid groot te word, vra hy.

Ek kies my woorde versigtig.

dit was soos wanneer mens in 'n motor sit en deur 'n vreemde landskap ry. jy kyk by die venster uit. jy wil stil-hou en buite gaan rondloop, maar jy weet jy mag nie, jy gaan weggejaag word. jy weerstaan die instink om uit te klim en deel te hê, jy leer algaande om dit te doen. dis nie joune nie. jy hou jou daar uit.

*

Daar was nie veel wat my oupa aan ons kon nalaat nie, behalwe 'n tafelgebed wat hy van sy Hollandse pa geërf het. Sy rooi hare het in my broers neerslag gevind. En sy temperament. En woorde wat hy suiwer uitspreek. En sy naelstring na die Oos-Kaap. In van my vroegste herinneringe kuier ons Sondae by my oupa in Bellville-Suid. Ons stop in die straat voor die hek van die geel huis. My oupa wag op 'n stoel in die sitkamer. My pa buk af en soen sy pa op sy mond.

*

Op 'n dag wat niks met enige voorval te doen het nie, kom my pa by die huis met 'n ingehoue woede wat my laat wonder wat ek verkeerd gedoen het. Ek doen 'n blitsige bestekopname in my kop van my optrede en alles wat ek die week gesê het.

Ek sal my R4 by die werk gaan haal en julle almal doodskiet, sê my pa.

Ek sukkel om te slaap. Ek sluip uit my bed en doen inspeksie in die sitkamer waar sy uniform wag en sy dagboek gereed lê vir môreoggend wanneer hy vroeg opstaan en voor sesuur werk toe ry. Ek maak 'n laaste draai in die kombuis en trek die messelaai saggies oop. Ek neem die skerpste messe en soek 'n wegsteekplek, iewers waar dit veilig is,

soos in die heel onderste laai tussen die opgevoude tafel-
doeke. Dan draai ek om en gaan terug bed toe. Ek loer 'n
laaste keer oor my skouer.

*

Wat het u laat besluit om Duits te leer, vra Anders se pa
vir my.

Ek dink 'n oomblik.

Ek was nog klein, toe het my oupa uit die Oos-Kaap kom
kuier. My oupa het die taal in ons huis ingebring. Woorde.
Opdragte. Flertse van herinnering het saam met hom van
die oorlog af huis toe gekom. Sieg Heil! spot my oupa en
klap sy hakke kamma teen mekaar.

En saam met sy kennis van die Duitsers se oorlog moes
daar seker ook heimwee gewees het. Ek het dit raakgehoor
in my oupa se ander uitsprake.

Mý pa was 'n Hollander, sou hy telkens met 'n hoë stem
in die geselskap ingooi terwyl die teekoppies rinkel. My pá
was 'n Hollander, het hy geprewel terwyl hy na sy weerkaat-
sing in die glaskas loer en sy vingers deur sy rooi hare trek.

Deutschland! Deutschland! het hy gespot.

Ek het met aandag geluister, want niemand het my raak-
gesien en weggestuur nie. Ek het my ore gespits. Ek het
die woorde in my geheue laat rus. Vreemde klanke wat

vaagweg bekend klink. So dis wat 'n ander taal is. Só klink ander tale. Growwe, harde klanke wat vir ander mense sin maak. Ek wou dit dadelik leer.

*

ek vertel my storie jy leen my jou oor my storie is my voete wat om 'n vuur dans ek dans

    die taal van dooie woorde

*

Sy suster skryf aan my sy het in haar grafrede vertel in die DDR het mense nie graag in mekaar se huise gegaan nie. Maar Anders was altyd anders as die res.

Dit het gereën op pad huis toe na skool. Hy het sy maatjie in die huis ingebring, sodat sy daar kon wag tot die reën ophou. Hulle het agter die gordyn vir sy suster weggekruip. Die een met die waaksame oë. Altyd op die uitkyk. Ek sien vandag nog die twee pare voete wat onder die gordyn uitsteek, het sy op sy begrafnis gesê.

Maar sy kon nie die dood van hom af weghou nie. Ons is trotse mense, ons is sterk, ons kan alles vat. Kyk, die DDR lê agter ons, ons is daar deur, ons kan hier ook deur, vat my hand ek sal jou help, het sy suster vir hom gesê.

nee sê sy lyf nee sê sy oë nee sê sy mond nee sy laaste asem

hy blaas sy laaste asem uit tot by my waar ek sit in my kombuis in Johannesburg aan die ander kant van die aarde ek blaas my warm tee koud ek sit alleen in my kombuis die foon is stil die kombuisdeur is toe ek drink my tee 'n huil kom uit my lyf my skouers buig vooroor ek ruk ek ruk sonder dat ek weet hoekom ek weet nie Anders is in die hospitaal nie ek weet nie hy is siek tot die dood toe nie ek weet nie hoekom ek huil nie

*

My pa het ons op 'n lang toer deur hul herinneringe ge-neem. Die laaste een. Dit was nie so sorgvry soos die een jare tevore nie. My ma en pa baklei en stry die hele pad.

Met ons kombi en woonwa reis ons van dorp tot Oos-Kaapse dorp. By ingange na kampeerterreine word ons gestop. Hulle is vol, sê die wit manne by die hek. Hulle staan vorentoe, versper ons uitsig, dat ons nie die leë staan-plekke sien nie.

By een van die hekke wys my pa sy weermagkaart. Die man skud sy kop meewarig. Ek is jammer, meneer, as dit van my afgehang het. Maar daar is mense hier binne wat nie daarvan sal hou nie.

Ons oornag by vulstasies buite die dorpe. want daar is toilette om te gebruik. want daar is dit nie so donker nie. die ligte brand die hele nag.

Een aand word ek onrustig wakker. Ek staan op en maak die woonwa se deur saggies oop.

My pa sit op 'n kampstoel met sy rugkant na die deur. Sy R4 op sy skoot. Vinger op die sneller gereed. Sy oë soekend in die nag.

*

My broers het meer as ek gesukkel om 'n brief vol te skryf. Hulle sou een velletjie volkry en dit triomfantelik en verlig in 'n koevert wegbêre. Ek is klaar, sou my broers sê, dan hardloop hulle by die deur uit en gaan speel buite in die straat.

Skryf het makliker gekom vir my, ek kon altyd meer skryf. Al was dit oor 'n mooi liedjie op die radio of die son wat skyn of wat ons alles die dag gedoen het. Of oor die kos wat ons geëet het. Of nuwe blomme in die tuin.

Ek het aan hom gedink, hoe hy die brief sou lees in die geheime plek waar hy was. Ons het geweet dis ver van die huis af, waar dit warm is.

Wat wil mens in 'n brief lees as jy op 'n plek is waar dit soos die hel is.

Ek het gewonder of hy aan ons dink. Of hy graag wil huis toe kom. Of my pa daarvan hou om van my te hoor, te weet wat in my kop aangaan.

Ek het gedink as ek dit eendag regkry om weg te gaan, sal ek nooit weer wil terugkom nie.

Dit wat ek die graagste wou weet, mag ons nie geskryf het nie.

Het jy al iemand doodgemaak? Maak julle mense seer?

*

Aan die begin van 1996, in Februarie, toe ek in Jena aankom, neem een van die onderwysers my na my woonstel. Lobeda lê 'n ent buite die dorp. Weg van die keisteenstrate en statige ou geboue.

Ons ry aan die verkeerde kant van die pad. Hoë heuwels, wat die inwoners berge noem, en die rivier aan weerskante van die pad.

Ek het geskrik. Dit het net skielik opgedoem: 'n dorp van eenderse, hoë woonstelblokke, so ver as die oog kan sien.

Het ek so ver van my land af weggevlug om my hier in die Kaapse Vlakte vas te hardloop?

*

Die kind begin weer babbel. Elke oggend sodra hy opstaan, bars die woorde uit sy mond terwyl ek nog sukkel om wakker te word.

Het jy geweet ons moet elke dag baie water drink, want ons lyfies is ook water.

En in die middag as hy van die skool af kom en ons in die verkeer vassit en die wolke soos wit wasgoed bo-op die berge bondel.

Dis God se lunchtyd, sê die kind, hulle gooi die tafeldoek oor die tafel en dan kom die invisible kos.

Wie is "hulle"?

Dis God en die engels en Jesus.

Ek sê vir hom ek wens ek kon ook daar wees. Daar's 'n paar engele vir wie ek 'n paar vrae sal wil stel.

Mamma, ek sal vir hulle vra: Hoe voel dit om 'n engel te wees.

Die volgende oggend is die wolke weg.

God het seker klaar breakfast geëet, sê die kind. Die tafeldoek is nie daar nie.

*

Ons idee van Duitsland was op Wes-Duitsland gebaseer. Ek het saam met die kollegas wat ook Duits-onderwysers was, kursusse daar gaan doen, in mense se huise gebly, saam met die vroue Kaffeeklatsch toe gegaan. Ons het Hauss- schuhe aangetrek as ons oor hul drumpels tree, ons was bewus van die talle wette en moets en moenies, ons het blomme en wyn saamgeneem as ons vir ete genooi word.

Dit het ek hom vertel in sy huis met die een venster, waar die baie potplante op die vensterbank skuil.

Ons het geleer om getalle te kan opsê, want hulle wou altyd alles in syfers omsit. Hoe groot is die bevolking, die werkloosheidsyfer.

Ek het my antwoorde begin met: ja, maar. Ja, amptelik is die syfer so en soveel, maar hou in gedagte dis volgens apartheidsnorme. Ons weet nie rêrig hoeveel mense daar in die land is nie want meeste van ons tel nie. Ons word opgetel en buite grense neergesit om vals getalle en syfers te laat klop.

Een van die vroue se mans het my onderbreek: Aber Sie sind doch auch weiß? Maar is u dan nie ook wit nie?

Nein, bin ich nicht, sê ek.

Hy frons. Sie sind aber nicht schwarz? U is dan nie swart nie?

En ek begryp. Natuurlik. Ek is hoe ek lyk.

*

Ek werk as joernalis by 'n koerant. Dis 'n vervelige dag met min nuus en ek blaai deur my boekie vol storie-idees en koerantuitknipsels van stories wat ek nog wou opvolg.

Daar was vroeër 'n kort beriggie oor oudsoldate en hul pogings om kompensasie te kry. Ek bel die organiseerder van die nuwe beweging en hy vertel van sy dienspligdae en dat daar deesdae niks gedoen word vir soldate uit die ou bedeling nie en dis waarvoor hy hom nou beywer. Aan die einde van die onderhoud gesels ons informeel.

Hy is bly dat ek gebel het, omdat die kwessie van kompensasie hom na aan die hart lê en omdat hy vrees dat oudsoldate soos hy te maklik vergeet sal word.

Ek sê ja ek verstaan, ek het self 'n pa gehad wat 'n soldaat was.

Hy bly 'n oomblik stil.

Was jou pa op die grens? Watter jaar? Wat was sy naam? Ja, dit moes hy gewees het. Hy was my bevelvoerder. Ons was saam in Angola operasioneel gewees.

Nee, sê ek. My pa was nooit in Angola nie.

Ja. Hy was. Ons was saam.

Ek weet nie wat om te sê nie.

Jou pa was 'n goeie aanvoerder, 'n goeie leier. Ek dink ek het nog 'n foto van ons twee saam, gee vir my jou e-pos-adres, ek stuur dit vir jou.

my pa was nie net 'n soldaat in die suid-afrikaanse weermag
nie hy was bevelvoerder van 'n klomp wit seuns wat hy
aangevoer het teen die vyand in 'n plek wat die weermag
ontken het hulle ooit in was

*

In die ooste van die land is daar niks oor nie, geen spoor
van my familie nie. Nie 'n spruit of 'n plaas of 'n huis of
portret. Geen klip om op te lig geen mens vir wie ek kan
vra: wat weet jy van my pa. Ek verdwaal in my lewe in 'n
vallei van 'n duisend heuwels. In die ooste is daar van my
geen spoor oor nie.

Ek is 'n veteraan van die oorlog waarin my pa dood is.

*

Mein Vater hat immer geschwiegen. My pa het nooit oor
die Tweede Wêreldoorlog gepraat nie, het Anders gesê. Hy
wou nooit sê wat met hom gebeur het en wat hy gedoen
het nie.

*

hy lê weg van my gedraai sy hare op die kussing is argelose
doodles gesprei in goue inkkrulle op 'n vel wit papier. hy
lê weg van my. sy hare uitgesprei op die kussing. argelose

doodles in goue inkkrulle op 'n vel wit papier. hy lê van my weggedraai

ek verstaan nie die logika agter 'n sterfdatum nie. die lukraak-heid daarvan vind ek onverduurbaar. 'n mens word wakker en jy weet nie dis vandag jou laaste dag nie.

al wat voor jou uitstrek, is die moeisaamheid van 'n hele lange oggend.

en net voor dit middag word, is jy verby.

Sy naam was Anders. En hy is dood.

Ek het gedink om net te sê ek is lief vir jou is genoeg, maar dit is nie. Want mens moet dit ook terughoor, van iemand.

die liefde is nie 'n woord nie, dis 'n mens.

maar sonder die woord is daar nie liefde nie.

die woord is dood.

*

Ek klik op Anders se heel laaste e-pos aan my, 'n antwoord op my e-pos wat ek weke tevore gestuur het nadat ek in Johannesburg iemand gesien het wat my aan hom herin-ner het.

Hallo Valda

ich bin doch gar nicht mehr der, der ich damals war

ek is mos nie meer wie ek was nie

älter, langsamer und total un-Wuselig

ek is ouer, beweeg stadiger, anders as vroeër

Gruß

Anders

Hy heg ook 'n foto van 'n vakansie by die Oossee aan ter illustrasie.

Hy sit op 'n bankie met die een kant van sy gesig na die kamera gedraai. Die linkerhand rus swaar op die knie, die bene lyk of hulle bly is om bietjie te kan sit, met die voete plat langs mekaar op die grond.

Ek streel met my vingers oor die iPad-skerm. As ek my vingers oop- en toemaak, kom sy gesig na my toe, word groter en groter, ek sien elke detail al duideliker. Ek kan voel hoe sy kop moet voel, so sonder sagte krulle, so vol van skerp, pas uitgekruipte spikkels stukke onbekende stekels. Ek soen hom op sy kop, ek maak my oë toe, ek soen sy moeë mond, ek soen sy oë. Hy kyk nie om na my toe nie.

Dit is hoe ek nou lyk, sê sy e-pos en sy foto en sy boodskap. Sou jy hiermee kon saamleef, lê die verwyt tussen die reëls.

Ek vat my hande weg van die skerm en sy gesig raak kleiner en kleiner.

Die dag toe ek hierdie boodskap kry, het ek op reply ge-klik en begin skryf: Lieber Anders.

Maar toe begin iemand met my praat en my aandag word afgetrek. Die ongestuurde boodskap het in die drafts-lêer bly lê en in vergetelheid gesink.

Ek het niks om vir myself te sê nie.

*

Ek kry die kind by die skool in die tuin sit. Daar is ogies op die vlerkies van die skoenlapper, wys die kind met sy handjie.

Ons soek dit in 'n boek op. Lemoenswaelstert, staan daar geskryf.

*

Ek het vroeg reeds geweet ek sal myself moet grootmaak. My ma was besig met haar kinders en skoolhou en 'n veel-eisende man. Toe ek nie mog skryf nie, het ek al meer begin lees, alles waarop ek my hande kon lê, alles wat my broers en my ma gelees het, het ek gegryp sodra hulle dit neersit.

Ek het nooit gehuil nie. Die angs het in my lyf gaan sit. Al die pogings om nie te moet huil nie het my woorde laat opdroog.

*

dis in die nabyheid van ander waarin ons vrese lê. ons was so lank gewoond om ver van almal te wees. ons voel veilig want dis bekend. maar ons wil naby wees. ons wil hê iemand moet naby ons wees en ons wil naby iemand kan wees. ons voel weerloos om iemand naby te hê.

wat maak my bang? om in die oog van die storie te wees. om nie te weet hoe ek verder moet skryf nie. om net hier te bly waar ek nou is. om te voel hier is ek. manchmal bin ich nicht mehr meine meinung

*

Anders se suster en haar Hollandse vriend het ook later by sy ma se huis opgedaag om die vrou uit Afrika te ontmoet. Ons praat Duits aan tafel, maar af en toe sê ek iets in Afrikaans onder aanmoediging van die ander wat wil vasstel of Jan dit sal verstaan.

Jan vra my oor my van: Is dit Duits?

Nee, sê ek, eerder Nederlands. My oupa se pa was 'n Hollander in Suid-Afrika, my oupa kon steeds bietjie die taal praat.

Wat het jou laat besluit om Duits te leer, wil Anders se suster weet.

Ek het altyd gehou van tale, ek lees graag en 'n ander taal sluit nuwe letterkundes oop. Mense vra my baie: maar hoekom nie Frans nie. Ek was altyd baie lief vir Afrikaans, maar die taal is op verskeie maniere van my af weggehou. Dit was asof Duits 'n band met Afrikaans geskep het, asof ek die pad na my eie taal met 'n ompad benader het. Daar is 'n klank aan Duits wat my aan Afrikaans herinner, 'n grofheid, 'n ruheid, dieselfde harde klanke. Ek kon dit onbevange leer en onbevange praat want dis mos nie my taal nie, net soos Afrikaans nie my taal moes wees nie. Daar was van die begin af 'n bekendheid aan Duits, ek kon daarmee leef. Nie eens die geskiedenis verbonde aan die taal kon my afskrik nie, ek kon my selfs daarmee ook vereenselwig.

*

Die foto sou niksseggend kon lyk vir iemand wat nie weet nie, en op hierdie aarde is daar nou net ek wat weet. Hy wat die oggend die foto geneem het, is weg. Ek sit op die bank in sy kombuis. Hoe langer ek na die foto kyk, hoe meer detail kom terug. Die klere wat ek aanhet, is nie myne nie. Dis syne, die langmoutop wit met blou strepe, sy Hausschuhe op die vloer voor my voete. Sag en lig om te dra,

170

soos vlerke. Ek kyk onseker in die kamera, asof die lens tot binne-in my sou kon sien, sou kon agterkom hoekom ek half vooroor sit.

Twee koppies op die tafel, syne afwagtend tot hy weer sou stelling inneem by die tafel.

Ek onthou hoe hy net skalks geglimlag het toe hy na my kyk hoe ek sukkel om te sit. Hy het opgestaan, die kamera geneem, 'n entjie weg gaan staan, deur die kamera na my gekyk.

'n Vrou in sy huis met die eerste pyn tussen haar bene, haar gemoed half bedwelm, hy wou ook dié oomblik vasvang.

*

ek gaan onder die grond in waar woorde groei sonder dat iemand sien ek duik ondergronds ek neem julle woorde met my saam ek neem julle woorde weg ek neem die woorde uit julle monde ongesiens ek neem julle van julle woorde weg ek is 'n dissident ek is 'n skandaal net as ek skryf kan ek die taal wees net as ek is kan ek die taal word net as ék kan ek die taal word net as ék kan ek word

*

Anders het in daardie huis agtergebly met sy herinneringe aan my teenwoordigheid gedurig by hom, hoe kon ek dit vergeet.

In een van sy briewe skryf hy:

Die huis is baie stil sonder jou. Soms is ek selfs verveeld. Jou teen-woordigheid hier die laaste paar weke voor jou vertrek het my meer geraak as wat ek vermoed het. Wil jy nie weer kom nie?

Dit is die foto wat hy van my geneem het terwyl ek op die rusbank sit met die kat op my skoot en die prent bo my kop teen die muur wat my hieraan laat dink.

Hoe hy deur die huis stap, hoe hy voor die venster wag, hoe hy by die kombuistafeltjie sit met sy koffiekoppie, die plek langs hom leeg.

Hoe hy huis toe kom van die werk af. Hoe hy wag op 'n brief van my, 'n teken van lewe, van die liefde wat ons in daardie huis gemaak het.

ek is nie die een wat eensaam is nie hy is die een wat eensaam was

*

was daar 'n laaste woord wat oor jou lippe gegly het? 'n naam? 'n lank vergete naam uit die dieptes, wat onbewaak na bo kon kruip, wat met jou laaste asem jou lyf verlaat het.

en was jy alleen in hierdie tyd

dit was onverwags, onverhoeds, onvoorsiens, hulle sê
hulle het nie geweet jy sou sterf nie

*

ek skryf die woord wat ek weerhou het vergewe my die
lewe ek skryf met my potlood in my boek ek tik op my
laptop ek slaap nie ek loop soos 'n slaapwandelaar deur
die woonstel die boek wil nie klaar nie want dan sal jy dood
wees ek begrawe jou nou

*

Ook Anders het in sy land geleer om hom in toom te hou,
om nie te sê of te wys wat hy voel nie. Maar papier is
geduldig. Woorde fermenteer in die ink waarin hulle ge-
vorm is. Dit lê daar vir jare en eers na baie tyd verloop
het, kom die volle betekenis te voorskyn.

Tafelberg. Elke keer as ek opkyk, is dit asof ek weet dis
hoekom ek terug moes kom. Dié berg wat lyk asof dit
uit die grond gestoot het. Die aarde het die berg uit die
onderste grond gedruk tot hier waar ons is. die berg wat
uit die grond gestoot is boontoe gedruk is uitgedruk is boon-
toe bo-oor die oseaan onder die water uit dié berg staan

nie van altyd af hier nie die aarde stoot die berg uit die grond uit boontoe. vir my. asof.

water nestel aan sy voete

op 'n ander plek in 'n ander wêreld is 'n ander ek wat presies alles reg doen en dis hoekom ek hier staan met my gesig opgehef na die sterre en ek wens ek kon soontoe gaan. 'n parallelle aarde

*

Ek maak my oë oop, ondergedompel in 'n selfdood-oggend. Swaar kettings hou my voete vas. Die moeisaamheid in my lyf laat my vermoed dis die desperate werksonderhoud later die middag.

Maar dit was jy, Anders. Dit was jou laaste asem wat ek uit my lyf voel sypel het.

Ek het wakker geword en voor my was 'n koue, vreemde strand vol wind.

Elf-dertig vat ek my handsak by die werk en stap kar toe. Net voor die middag, toe jy jou laaste asem uitblaas, hou ek voor my huis stil.

Ek maak tee en begin onverklaarbaar huil. Wat gaan aan met my, wonder ek, maar huil onbeheersd asof ek iets kosbaars verloor het.

Sal ek die werksonderhoud kanselleer, wonder ek en be-sluit néé, dis my laaste kans om weg te kom.

Uit die hartseer.

En na die onderhoud, toe ek sê wat my salaris is en vra of hulle die nuwe pos sou kon aanpas, en hulle kyk my vreemd aan, het ek geweet. Dié pad is toe.

*

As iemand, sy suster, hom sou gevra het, op sy sterfbed, is daar nog iemand vir wie ons moet laat weet?

Hy sou wegkyk van haar af. Hy sou sê nee. Nee, daar is niemand nie.

Hy lê in 'n graf in Erfurt onder groen gras sonder 'n graf-steen.

hy het neergedaal onder die begeleiding van spontane kitaarmusiek sonder gebede sonder woorde sonder stof is jy en tot stof sonder my

Sy suster stuur 'n e-pos en sê sy sal vir my die CD stuur wat gemaak is van die herinneringsmusiek wat op sy begraf-nis gespeel is. Almal wat hulle geweet het vir hom belangrik was en wat na die begrafnis sou kom, is gevra om 'n stuk musiek saam te bring wat hulle aan Anders herinner. 'n Familievriend het alles opgeneem.

ek neem lank voor ek haar my adres stuur sodat sy vir my 'n kopie van die CD kan pos. ek is nie gereed vir hulle herinneringe nie.

ek luister in my hart en my lyf en my vel tot ek die musiek hoor van die maande saam met hom in Bachstraße sonder die wêreld saam met ons.

hulle onthou die siektes waardeur hulle hom gedra het hulle onthou sy swart klere hulle onthou hoe hy homself opgetel het elke keer as hy wou bly lê.

ek onthou dit nie ek sien dit in die foto wat hy my aan die einde gestuur het.

ek het eers ná sy dood leer sien. voor dit was ek blind. die Kaap en sy briewe het die skille van my oë laat afval. ek kon nie glo wat ek sien nie.

*

Anders,

ek gaan jou briewe sonder jou toestemming gebruik. skaamteloos, maar tog.

noudat my kop skoon is sonder al die jare tussenin, kan ek helderder dink. nou weet ek wat ek toe moes gesê het, nou jeuk my hand om te skryf

nou lees ek jou. en al wat ek nou kan doen, is om my in jou in te dink. hoe jy by die tafel in die kombuis sit kyk, my siel sweef by jou, asof ek die een is wat dood is

ek sit by jou ek lees oor jou skouer ek soen jou wang, jou oë kyk verby my

ek lees hoe skryf jy oor jou Verzweiflung, maar kyk, hier is ek. ek is by jou

ek het jou verloor ek skryf jou. om jou te agterhaal.

*

Ek en my kind kom by die skool aan. Dié keer mag ek nie buite stop en saam met hom klas toe stap nie. Ek is nou groot, Mamma, laai my af by die drop-off.

Dan glimlag hy. Dis Vrydag, vandag doen ons P4C, dit staan op die rooster.

Wat is dit? vra ek.

Philosophy for children.

Wat doen julle in dié periode?

Ons praat oor al die vrae waarvoor daar nie antwoorde is nie.

Ek en my kind ry by die groot wit hek in. Ek volg die paadjie tot waar die geboue begin en hou stil by die voor-geskrewe plek waar mammas vinnig moet groet en wegry. 'n Onderwyser en sekuriteitswag doen diens, elke oggend iemand anders. Hulle staan gereed om die kind uit die motor te help, gee skoolsak en sportsak en lunch bag aan, maak die deur toe en een van hulle stap saam met die kind tot waar hy veilig alleen klaskamer toe kan stap.

Vanoggend ry ek verby die koffiewinkel in Vredehoek, ek ry in my spore terug en draai af op die N2 uit die stad en in die rigting van die lughawe.

Ek ry Strand toe.

Ek draai van die N2 af op die R44 en ry verby die massiewe Somerset Mall wat net nog meer en meer kleintjies kry. Ek ry see om. By die wit brug naby die petrolstasie druk ek die knoppie vir die venster om af te draai en asem die seelug in.

Ek het eers baie laat in my lewe geweet van Lover's Lane en Melkbaai. Dit is hier waar ons Sondagmiddae verbygery het op pad na die familie in Athlone en Bellville-Suid. Melkbaai was waar die wit meisies naweke op die wit sand gelê het met hul blou baaikostuums aan in die hoop dat die son hulle bietjie bruiner sal brand.

Met Melkbaai aan my regterkant ry ek gelate al met die kronkels en draaie van Kusweg. Hoe lank het dit my geneem om te besef dat ek nou maar mag kyk, dat die see my nou geoorloof is, dat ek die sand en see en alles wat daarin is nie meer hoef te sien asof deur 'n venster nie, asof in 'n prentjie wat in 'n ander land afspeel.

Nou is ek by die sirkel waar ek die regterkantse afrit

neem, verby die strook strand waar my jonger broers, net ná die groot borde geval het, onbeskroomd kon swem en met hul maats afgespreek het: ons swem by Akkommodasie. Elke keer as ek hier verbyry, soek ek die woord, groot in swart geskryf, die oornagplekke vir toeriste oorkant die straat.

Uiteindelik het ek aan die einde van die lang kronkelpad aangekom. Daar staan deesdae 'n hotel op die hoek. Ek het nog nooit daar geëet nie, besef ek skielik. My ma het haar sewentigste verjaardag daar gevier terwyl ek in Johannesburg was en my kind nog klein. Dis hier waar die wit huis gestaan het, waar die mense gewoon het wat die kinders gesê het die polisie bel as een van ons dit op die wit strand waag. Dis hier waar die pad 'n draai maak en die wit gholfbaan was, net langs die stuk strand wat vir my, vir ons gereserveer was. Die aanwysings was baie presies en duidelik. 'n Lang ry wit paaltjies van die straat af al langs die wit sand tot binne-in die water. Ek kon my voete net aan die linkerkant waag. Regs van die paaltjies was 'n onmiskykbare groot rooi bord met swart letters: strand en see slegs blankes.

Nou is ek amper daar. Nou nog net met die straat af tot by die Gordonsbaai-pad. Nou nog net 'n laaste keer verby die plek onder groot, hoë bome waar die kampeerterrein was waar mens verby moes stap op pad strand toe en soms met klippe gegooi is. Ek ry verby.

Daar is nou 'n verkeerslig by Noltestraat waar daar voorheen niks was nie. Ek ry verby die huise van mense wie se name ek begin vergeet, en dan moet ek gewoonlik eers my oudste broer bel om te vra wie was dit nou weer wat in daardie huis gewoon het. My oudste broer is my familie se kollektiewe geheue. Aan die regterkant op 'n hoek is die crèche waaroor ek my twee jongste broers beny het, as hulle soggens daar afgelaai word en kan speel en eet en slaap sonder sorge.

Dan is ek daar. Ek het gekom want my broer het in 'n gesprek in die verbygaan genoem die mense wat nou in ons ou huis woon, is besig om 'n hoë heining op te rig.

Ek ken hoë heinings in Johannesburg. Die sekuriteit daar is so goed dat niemand sal sien as jy agter die muur seerkry nie.

Eers ry ek verby die huis tot by die volgende kruising en kom dan terug. Ek stop voor die bure se huis om beter te kan sien. In my motor agter die stuurwiel met my gesig in die son in die stilte van 'n oggend wanneer mense weg is skool toe en werk toe sit ek en ek sien voor my afspeel dit wat ek onthou.

ek sien my ma. sy kom op die voorstoep uit. dis warm. dit is dag. ek is in die middel van die prentjie. sy bring vir ons elkeen 'n koppie tee. die tee maak sy met warm melk en twee lepels suiker. ons het elkeen 'n mooi koppie met getekende pienk blommetjies op en 'n piering. ons roer die tee. ons drink dit bietjie-bietjie. die mense stap voor ons in die straat verby.

*

daar is 'n plek agter 'n mens se nek. as jy presies weet waar en hoe, kan jy 'n mens vinnig pynloos skoon doodmaak. geruisloos. so vertel my pa aan die etenstafel. ek sit my mes en vurk netjies langs mekaar op die bord neer

*

30.6.97 sê die stempel op die koevert die adres voorop in rooi geskryf die koevert voel hard die poskaart is van die dorpie naby Erfurt waar sy ma steeds woon hy skryf in rooi in Afrikaans die taal wat hy nie praat nie enkele sinne netjies onder mekaar geplaas asof iemand dit onder sy aan-drang vir hom vertaal het

Goeiedag mejuffrou, hoe gaan dit met u? Is jy gesond?
Het jy my brief nie ontvang nie?
Ek wag op 'n brief of fax.

Sal jy asseblief skryf.

Ek praat net 'n klein bietjie Afrikaans. Maar ek wil jou sê: Ek
hou van jou!

Gou beter word.

Skryf gerus of kom weer.

Tatta.

Anders

*

Skryf is die naaste wat ek aan 'n ander dimensie kan kom. As ek ons storie neerskryf van hoe dit sou kon eindig, is dit asof dit werklik gebeur het.

*

Dit is pas na my tiende verjaardag. Ek draf saam met my pa in die dennebos aan die onderkant van Sir Lowry's Pas. My ma wag in die bakkie. Ek wil nie by my ma in die bakkie bly nie. Ek en my pa draf al langs die stil pad in die bos. My pa moet vooruit, hy moet vinniger hardloop, anders kry hy nie genoeg oefening nie. Hy vra mooi of hy mag. My pa is 'n soldaat. Hy moet fiks wees. Ek sê ja. Ek draf alleen. Ek hoor die klank van my voete op die pad onder die dennebome in die spikkelskadu. 'n Ander geluid. Ek maak plek. Ek draf effens uit die pad uit. Die motor ry verby. En ry stadiger. Dan hou hulle stil, draai om en ry weer by my verby. 'n Kar vol laggende mans. Wit sardientjies in 'n blik.

hulle draai weer om ry tot by my ek hardloop oor die pad hulle agterna heen en weer laggende gesigte kierang kierang oor die pad. ek kry nie asem nie. ek gaan staan. 'n deur word oopgemaak

*

Ek draai my lyf na Anders toe terwyl ons ry. Sy profiel lyk soos ek onthou: 'n glimlag om die mond. Ek sien hoe hy hóórt in hierdie ruimte wat hy gekies het, hoe hy nêrens anders wil wees nie. By elke stopstraat en rooi verkeerslig trek hy die handrem op en sit en glimlag vir my tot ek moet sê dis groen jy moet nou ry.

Ons kom by die huis aan. Ek is bly toe ons deur die swaar deur stap en die voordeur agter ons toetrek. Hier val my skanse af.

Ek klou aan hom vas toe hy sy arms om my sit. Ons staan 'n ewigheid so.

Jy kan nou ontspan, terg sy stem en ek druk my gesig teen sy nek. Hier is geen nuuskierige oë nie, dis net ons, moenie bang wees nie. Dan raak sy stem ernstig. Hier is ons veilig